사랑하는 이를 위한 잠언

참 좋은
그대에게

김옥림 지음

미래북
miraebook

사랑하는 이를 위한 잠언

참 좋은 그대에게

2012년 4월 9일 초판 인쇄
2012년 4월 14일 초판 발행
2012년 8월 10일 2쇄 발행
2013년 9월 16일 3쇄 발행

지은이   김옥림
디자인   강희연
펴낸이   임종관
펴낸곳   미래북
신고번호 제302-2003-000326호
주 소   서울특별시 용산구 효창동 5-421호
전 화   02-738-1227
팩 스   02-738-1228
이메일   miraebook@hotmail.com

ISBN 978-89-92289-43-6   13810

사랑하라,

세상을 다 가진 것처럼!

아름다운 사랑과 행복을 찾아서

인간의 사랑은 인류가 이 땅에 존재할 때부터 시작되었습니다. 사랑의 역사는 그만큼 유구합니다. 그렇게 오랜 세월 동안 주고받으며 이어왔지만 아직도 사랑은 완성되지 못하고 그로 인한 아픔으로 고통 받는 사람들이 많습니다. 모두 불완전한 사랑을 하기 때문이지요.

사람이 처음 만나 이루는 사랑이 불완전한 것은 지극히 당연한 일입니다. 서로 다른 성격, 서로 다른 환경에서 자라온 이들이 하나가 되는데 어찌 어려움이 없겠습니까.

사람이 사랑을 하는 것은 불완전한 삶을 완전한 삶으로 만들기 위해서지요. 하지만 완전한 삶을 이루는 것은 매우 힘듭니다.

왜일까요?

완전한 사랑은 자신을 버려야 얻을 수 있기 때문입니다. 그래서 완전한 사랑은 요원한 것일지도 모릅니다. 그러나 최선의 사랑은 할 수 있습니다.

최선의 사랑을 하기 위해서는 자신이 사랑하는 이를 자신보다 더 사랑할 수 있어야 합니다. 양보하고 배려해야 합니다. 시련과 고통이 찾아와도 두려워하지 말고 이겨낼 수 있어야 합니다.

이런 마음으로 사랑할 수 있다면 참으로 값지고 아름다운 사랑이 될 것입니다.

사랑은 이 세상의 모든 것입니다.

요즘의 사랑이 아무리 즉흥적이고, 그래서 가벼워졌다고 할지라도 사랑은 아름다워야 하고 숭고해야 합니다.

이 책은 헤르만 헤세, 파블로 네루다, 사무엘 울만, 윌리엄 셰익스피어 등 한 시대를 풍미했던 전설적인 시인들의 주옥같은 명시를 통해서 그들의 사상과 철학을 만나면서 가슴을 맑고 따뜻하게 덮히고자 쓰여졌습니다.

사랑이 힘들 때마다 이 책을 읽으십시오. 첫사랑을 하거나 새롭게 사랑을 시작할 때도 읽으십시오. 진정한 사랑을 원하는 모든 분들에게 꿈과 용기와 지혜를 선물할 것입니다.

날마다 아름다운 사랑으로 행복하길 바랍니다.

2012년 4월
김옥림

Contents

참 좋은 그대에게

김옥림

참 좋은 그대에게
나의 사랑을 바칩니다.

참 좋은 그대에게
나의 꿈을 바칩니다.

참 좋은 그대에게
나의 열정을 바칩니다.

참 좋은 그대에게
나의 미래를 바칩니다.

참 좋은 그대에게
나의 전부를 바칩니다.

참 좋은 그대여,
그대가 있어
나의 하루하루는
풋풋한 희망으로 가득합니다.

나는 모든
아름다운 것을 사랑합니다

-로버트 브리지스

나는 모든 아름다운 것을 사랑합니다.
또한 숭배합니다.
신도 그만큼 찬미 받을 수 없고,
사람은 바쁜 일상 속에서도
아름다운 것을 사랑함으로써 존재합니다.

나는 또한 무엇인가를 만들고자 합니다.
모든 아름다운 것을 만들어 내는 즐거움이여,
비록 그것이 내일에는 기억에만 남는
한낱 꿈속의 헛된 말 같을지라도
나는 모든 아름다운 것을 사랑합니다.

제1부

내가
지금
당신을
사랑하는
것은

불덩이 같은 사랑

아주 오래 전, 그러니까 일제 강점기 때의 일입니다.

한국의 한 젊은이가 일본의 강제징용으로 전쟁터에 나갔다가 러시아(당시는 소련이라 불림)의 포로가 되었습니다. 죽음을 기다리는 두려움과 공포 속에서 지내던 그에게 금발의 한 여자가 다가왔습니다. 첫눈에 반한 두 사람은 사랑에 빠졌습니다. 특히 여자는 적군의 포로와 사랑이 금기되었음에도 그를 헌신적으로 사랑했습니다. 젊은이 또한 목숨을 걸고 그녀를 사랑했습니다. 둘의 가슴엔 불꽃같은 사랑이 뜨겁게 타올랐습니다. 그러나 불행하게도 비밀경찰에 의해 그들의 사랑이 발각되었고, 여자도 남자도 죽음의 공포에 떨어야 했습니다. 하지만 그들은 서로에 대한 사랑의 끈을 놓지 않았습니다. 그녀는 다시는 포로를 사랑하지 않겠다는 각서를 쓰고 감옥에서 나왔지만 아는 사람을 통해 그를 비밀리에 만나면서 목숨을 건 사랑을 계속해 나갔습니다.

그러던 어느 날, 그녀는 임신을 했다는 것을 알게 되어 그 사실을 그에게 알려주면서 실의에 빠져 있는 그에게 희망을 가지라고 격려했습니다. 그에

힘을 얻은 젊은이는 살아야 한다는 마음을 굳게 먹고 모진 고통을 이겨냈습니다. 그리고 마침내 그는 한국으로 돌아오게 되었습니다. 안타깝게도 사랑했던 여인과 아기는 그곳에 남겨둔 채로. 그는 그녀와 아기를 잊지 못해 아픔의 세월을 보내야 했지만, 죽음의 공포 속에서도 뜨겁게 사랑했던 사랑은 그 어떤 사랑보다 아름다웠습니다. 그 남자의 이름은 하구원이고, 그녀의 이름은 나르시냐입니다.

나는 그들의 이야기를 읽고 크게 감동했습니다. 그리고 사랑이란 이 세상의 모든 것이라는 걸 다시금 깨달았습니다.

연인을 향한 뜨겁고 열정적인 사랑은 누구나 바라고, 하고 싶어 합니다.

불덩이 같은 사랑!

이런 사랑을 하고, 받을 수 있다면 얼마나 감사하고 행복할까요. 하지만 이런 사랑은 그냥 오지 않습니다. 목숨을 걸 만큼 열정을 가질 때 가능한 것입니다.

나의 심장은
우리의 사랑을 향한
불덩이입니다.
푸른 하늘과 무지개,
그리고 꽃들도
당신에 대한 나의
사랑만큼
아름답지 못합니다.

이는 수잔 폴리스 슈츠의 시 〈사랑의 노래〉의 일부입니다. 그녀는 푸른 하늘과 무지개, 꽃들도 당신에 대한 나의 사랑만큼 아름답지 못하다고 말합니다. 열정적이면서도 불덩이 같은 그녀의 사랑을 잘 보여줍니다.

전율하도록 사랑을 원한다면 불덩이 같은 사랑을 하십시오. 당신의 불덩

이 같은 사랑을 받는 당신의 연인은 이 세상 전부를 가진 듯 벅찬 행복에 사로잡힐 것입니다.

| 수잔 폴리스 슈츠 |

· 미국의 여류 시인.
· 주요작품: 〈아기에게 보내는 사랑〉, 〈아들에게 보내는 사랑〉, 〈사랑, 사랑, 사랑〉외 다수.

사랑만을 위한 사랑 〜〜〜◁▯

프랑스의 주간지 〈누벨 옵세르바뢰르〉를 공동 창간했고, 프랑스 '68혁명'의 이론적 지도자 가운데 한 사람이었으며, 1970년대 이래 생태주의 운동에 힘을 바친 좌파 지식인인 앙드레 고르는 그의 나이 스물네 살에 자신보다 한 살 아래인 도린을 만났습니다. 둘은 만나는 순간부터 서로를 열렬히 사랑하였습니다. 그래서 서로 다짐을 하였습니다.

"도린, 나에게 소원이 있다면 당신과 한날한시에 세상을 뜨는 겁니다."

"고르, 나의 소원도 당신과 운명을 같이 하는 거예요."

그들은 서로를 사랑하며 행복하게 살았습니다. 그러나 도린이 60세 되던 해 거미막염이란 불치병에 걸린 사실을 알았습니다. 거미막염이란 2중으로 된 뇌의 표면 막에 출혈로 인해 염증이 생기는, 자칫하면 목숨을 잃을 수 있는 무서운 불치병입니다. 그러니까 하루하루가 시한폭탄을 안고 사는 것과 같지요.

"오, 이럴 수가……. 도린, 어떻게 당신에게 이처럼 무서운 병이……. 오,

하나님이시여, 나의 도린을 살려주세요. 제발 오래오래 살게 해주세요."

고르는 이렇게 간절하게 기도했습니다. 그러나 고르의 그늘진 얼굴을 볼 때마다 도린은 조용히 미소를 지으며 이렇게 말했습니다.

"고르, 너무 걱정 말아요. 난 당신하고 오래오래 행복하게 살 거예요. 당신만 나하고 똑 같이 생각하면 나는 그럴 준비가 되어 있어요. 알았죠? 나의 고르……"

고르는 너무도 태연하게 말하는 도린의 모습에서 깊은 신뢰와 자신감을 얻을 수 있었습니다.

"그래요, 도린. 당신을 절대로 죽지 않게 하겠소. 우린 더욱 행복하게 살 권리가 있어요. 그러니 우리 그렇게 살아요."

"그래요. 고르. 당신 말이 백번 옳아요. 지금까지도 그래왔듯이 앞으로도 그렇게 사는 거예요. 고르, 나 지금 너무 행복해요."

"도린, 나도 그래요."

둘은 서로를 뜨겁게 포옹하였습니다.

그들의 강인한 믿음으로 도린은 그날로부터 무려 23년 동안이나 인생을 즐기며 살았습니다.

그러던 어느 날, 그들에게 운명의 날이 찾아왔습니다. 도린이 더 이상 살 수 없을 만큼 병이 악화되었던 것입니다. 도린에게 죽음이 임박했음을 안 고르는 자신도 삶을 정리했습니다. 그리고 아내가 세상을 떠나자 약속대로 함께 하늘나라로 갔습니다. 평생 도린만을 사랑하며 살았던 앙드레 고르! 그리고 그를 사랑하며 살았던 도린!

그들은 60년 전에 한 약속을 지켰던 것입니다. 죽음도 그들의 사랑을 막을 수 없었지요. 그들의 사랑은 진실로 강했고, 위대했습니다.

당신이 날 사랑해야 한다면
오직 사랑을 위해서만 사랑해 주세요.
미소 때문에, 미모 때문에, 부드러운 목소리 때문에,
그리고 나와 잘 어울리는 재치 있는 생각 때문에,
그래서 느긋한 즐거움을 주기 때문에,
저 여인을 사랑한다고,
이렇게 말하지 말아주세요.

E. R. 브라우닝의 시 〈당신이 날 사랑해야 한다면〉의 일부분입니다.

미소 때문에, 미모 때문에, 부드러운 목소리 때문에, 재치 있는 생각 때문에, 즐거움을 주기 때문에, 어린 연민으로 사랑하지 말고 오직 사랑을 위해서만 사랑해달라는 말이 참 좋습니다.

그 사람의 외모를 보고 하는 사랑, 그 사람의 직업을 보고 하는 사랑은 불완전한 사랑입니다. 조건을 따져 하는 사랑은 그 조건이 깨지는 날 함께 깨져버립니다.

나는 이런 사랑을 많이 보았습니다.

조건을 거는 사랑은 절대로 하지 마십시오. 그런 사랑은 진정성이 없어 모래 위의 집과 같습니다. 하지만 사랑만을 위한 사랑은 반석 위의 집과 같아서 그 어떤 것으로부터도 지킬 수가 있습니다.

앙드레 고르와 도린의 사랑은 참사랑이 무엇인지 잘 보여준 모델이었습니다. 사랑만을 위한 사랑, 얼마나 아름다운 사랑입니까.

|E. R. 브라우닝(1806~1861)|

· 영국의 여류시인. 로제티와 함께 영국을 대표.
· 주요작품: 〈당신이 날 사랑해야 한다면〉

서로의 사랑으로

어떤 남자가 있었습니다. 그는 한 여자를 보고 한눈에 반했습니다.

어느 날, 그는 자신의 마음을 전하기 위해 그녀가 지나다니는 길목에서 기다렸습니다. 그녀가 나타나자 자신의 연정을 호소하며 만나주길 간청했습니다. 그러나 그녀는 정중히 거절했습니다. 자신에게는 앞날을 기약한 사람이 있다는 말과 함께.

하지만 그는 그녀를 도저히 잊을 수 없었습니다. 그래서 그녀를 납치해서 몰래 물색해둔 곳으로 숨어들었습니다. 그리고는 완력으로 욕망을 채웠습니다. 자신의 욕망을 위해 그녀의 의사를 무시하고 엄청난 죄를 짓고 말았던 것입니다.

사흘 째 되던 날, 그는 탐문수사를 벌이던 경찰에 의해 검거되었습니다. 그는 한 여자에게 깊은 상처를 남기고 철장 신세를 지는 몸이 되었습니다.

이렇듯 일방적인 사랑은 오래가지 않습니다. 그리고 아름답지도 않습니다. 그래서 일방적인 사랑의 종말은 언제나 허무하고 쓸쓸합니다. 하지만 연인이 나에게 주는 사랑으로 나도 연인을 사랑하고, 내가 연인에게 주는 사랑으로 연인도 나를 사랑하는 순환이 서로를 더욱 단단한 관계로 맺어줍니다.

그대가 나에게 주는
사랑으로 인하여
나는 그대를 사랑합니다.

내가 그대에게 주는
사랑으로 인하여
그대가 나를 사랑합니다.

이는 P. M 윌리엄스의 시 〈사랑하기 때문에〉의 시구인데, 일방적인 사랑을 떠나 서로의 사랑으로 하나가 되는 사랑을 하라고 말합니다.

일방적인 사랑은 허무하고 쓸쓸합니다. 그런 사랑은 차라리 하지 않는 게 좋습니다.

충만한 사랑과 행복을 원한다면 진지하고 깊은 사랑을 하십시오. 그런 사랑이 오래 가고, 서로에게 깊은 감동을 줄 것입니다.

힘을 실어주는 사랑

공무원 시험을 볼 때마다 떨어져 의기소침해 하는 남자친구를 보고 여자친구가 말했습니다.

"너무 속상해하지 마. 기회는 얼마든지 있어. 난 자기가 반드시 시험에 합격하리라 믿어."

"미안해. 못난 모습만 보여줘서."

남자친구는 얼굴을 붉히며 미안해했습니다.

"힘내. 난 언제까지나 자기 기다릴 수 있으니까."

"고마워."

남자친구는 여자친구의 위안과 격려로 마음을 다잡고 다시 공부에 몰두했습니다. 여자친구는 맛있는 음식도 해다 주며 그가 지친 기색을 보일 때마다 용기를 주었습니다.

남자친구는 열심히 공부하였고, 마침내 시험에 합격하였습니다. 가장 기뻐해준 사람은 역시 여자친구였습니다. 둘은 서로를 부둥켜안고 뜨거운 눈물을 흘렸습니다. 그리고 일 년 뒤 둘은 결혼을 하였고, 지금 행복하게 살고 있습니다.

　내가 어떤 사람인지 알게 해주는 사랑, 나를 바로 잡아주는 사랑, 그래서 내가 이상을 향해 나아가게 하는 사랑. 이런 사랑은 꿈이 되고, 미래가 되고, 힘이 됩니다.

　이 세상에서 사랑만큼 소중하고 진실한 것이 어디 또 있을까요.

　입에서 나오는 그 모든 말이, 가슴에서 울려오는 그 모든 고동소리가 사랑하는 이를 위해서라면 그보다 더한 행복은 어디 또 있을까요.

당신을 사랑합니다.
내 속마음을 말하게 해주시고
내가 말한 뒤 나의 느낌을
깊이깊이 생각하게 해주시고
나 자신을 돌이켜 보게 해주시고
내가 정말 어떤 사람인지를
깨닫도록 도와주시고
내가 항상 영원하고 참된 이상을 좇도록
힘을 주시는 당신을.

　M. 베티의 시〈당신을 사랑합니다〉의 일부인데, 사랑의 유익함을 잘 설명해줍니다. 당신은 사랑하는 사람에게 하루에 "당신을 사랑합니다." 하고 몇 번이나 말하는가요? 자주 한다면 몰라도 인색하다면 지금 당장 시도하기 바랍니다. 사랑한다는 말은 얼마든지 해도 부족하니까요.

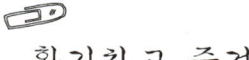

활기차고 즐거운 사랑

　사랑이 즐겁지 않다면 그건 사랑이 아닙니다. 사랑이 활기차지 않다면 그것 또한 사랑이 아닙니다. 사랑은 즐겁고 활기차고 그래서 한없이 행복해야 합니다. 내가 사랑하는 사람이 내 사랑에 불만족을 느낀다면 그것은 매우 불행한 일이 될 겁니다. 내가 사랑하는 사람은 정말 아름다운 사람이거든요.

　그런데 그 사람이 당신의 부족한 사랑으로 불행하다고 느낀다면 당신의 사랑방법이 잘못된 것이므로 지금 곧 바꾸십시오.

그대를 사랑합니다.
그대는 내게
행복이란 만족해하는 것뿐만이 아니라
가슴 속에 담긴
소망의 한 조각이 이루어질 때까지

노력하는 것임을 일러주시어
나의 삶을 다양하고 더 재미있고
한결 활기차게 해주셨으므로.

L. 에드워드의 시 〈그대를 사랑합니다〉의 한 구절입니다. 사랑하는 이로 인해 아주 만족해하는 모습이 잘 나타나 있습니다. 이런 사랑이 필요한 시대에 우리는 살고 있습니다.

당신도 이런 사랑을 하십시오.

둘이 함께 만족하는 사랑은 한없이 맑고 행복한 것입니다.

사랑의 그릇

나의 삶은 그릇입니다.
바닥부터 가장자리까지
언제나 사랑으로 가득 찬
이 토기 그릇을
당신으로,
오직 당신으로 가득 채우는 겁니다.

M. R 스마이트의 시 〈나의 삶은〉의 일부입니다. 그는 자신의 삶을 그릇으로 규정하고 바닥부터 가장자리까지 사랑하는 사람의 체취로 가득 채우고자 합니다.

내가 잘 아는 연인이 있었습니다. 그런데 여자가 신부전증으로 병원에 입원을 했습니다. 병이 위중해서 신장이식 수술을 해야만 했습니다.

　남자는 여자 모르게 자신의 조직검사를 했습니다. 그런데 놀라운 결과가 나왔습니다. 조직이 맞을 수 있는 확률이 5%밖에 안 된다는 일반적 사실을 비웃기라도 하듯 조직 구조가 맞았던 것입니다. 남자는 반대하는 부모를 설득시킨 끝에 이식수술을 했습니다. 수술결과는 아주 양호했습니다. 남자의 극진한 사랑에 하나님께서도 감동하여 여자의 건강을 되찾게 해주신 겁니다.

　남자의 정성어린 간호로 여자는 퇴원을 했고, 둘은 양가부모와 주변 사람들의 축복 속에서 결혼식을 올렸습니다. 그리고 지금 아주 행복하게 살고 있습니다.

　자신의 삶을 사랑하는 이에게 온전히 바칠 수 있는 사랑은 눈부시게 아름다울 뿐만 아니라 그 무엇으로도 평가할 수 없는 인생의 기쁨이며, 은총입니다.

　나의 삶이 온통 사랑하는 사람에게 향하는 사랑.

　이런 사랑은 상상하는 것만으로도 너무 즐겁고 신이 납니다. 신나고 즐겁고 행복한 사랑을 하십시오. 한 가지 명심할 것은 그 사랑은 오직 당신이 만드는 거라는 걸 잊지 마십시오.

변하지 않는 사랑

6.25전쟁 때의 이야기입니다. 갓 결혼한 남편이 꽃 같은 아내를 두고 전쟁터로 나갔습니다. 아내는 남편이 무사히 살아서 돌아오기를 날마다 마음속으로 빌었습니다. 그러나 전쟁은 끝났지만 돌아온다던 남편은 야속하게도 돌아오지 않았습니다. 하지만 아내는 꼭 돌아 올 거라고 믿고 또 믿었습니다.

세월이 많이 흘렀지만 재혼도 안 하고 남편이 오기만을 기다리던 그녀의 머리는 흰 눈으로 하얗게 덮였고, 끝내는 눈을 감고 말았습니다.

주변 사람들은 그의 죽음에 다 같이 슬퍼하였습니다. 돌아올 기약 없는 한 남자를 기다리며 한번 뿐인 인생을 다 바쳤던 그녀의 생애가 너무도 가련하고, 한편으로는 존귀했기 때문이었습니다.

나는 이 이야기를 듣고 큰 감동을 받았습니다. 세상이 변하고, 사람들의 삶이 변하고, 사랑도 변하는 이때에 이토록 순결한 사랑이 있다는 게 그저 놀랍기만 했습니다.

참으로 존귀하고 가슴 절절한 사랑이 아닐 수 없습니다.

‘사랑은 움직인다.’라는 말이 있습니다. 하지만 그런 사랑은 좋지 않습니다. 그것은 사랑의 변질을 뜻하기 때문입니다. 변하지 않는 사랑을 하려면 진실한 모습을 보여주어야 합니다. 진실한 사랑 앞엔 누구나 진지해지고 진실해지니까요.

상황이 변함에 따라 무게와 빛깔을 달리하는 사랑이라면 과감히 버리기 바랍니다. 변하는 사랑은 사랑이 아닙니다. 그것은 아픔이며 고통일 뿐입니다.

진실된 마음의 사랑 앞에
장애물을 놓지 마십시오.
사랑을 감추는 무엇이 발견되었을 때
변하는 사랑이면
그건 사랑이 아니랍니다.

영국의 세계적인 문호, 윌리엄 셰익스피어는 그의 시 〈운명의 칼날에 이를 때까지〉에서 ‘사랑을 감추는 무엇이 발견되었을 때 변하는 사랑이면 그건 사랑이 아니다.’ 라고 말합니다.

또, 실러는 이렇게 말했습니다.

“이 세상의 허위와 거짓과 그리고 배신과 시기 속에서도 오로지 하나 순수한 것은 인간의 깨끗한 사랑뿐이다.”

그렇습니다. 허위와 거짓된 사랑은 모두 날려버리십시오. 앞에서 이야기한 아내와 같은 사랑은 아닐지라도 사랑에 대해 최소한의 예의는 갖춰야 합니다. 한겨울의 추위에도 푸르름을 잃지 않고 고고한 자태를 보여주는 소나무 같은 사랑을 하십시오.

|윌리엄 셰익스피어(1564~1616)|

· 영국의 극작가 · 시인. 단테, 타고르, 괴테와 함께 세계 4대 시성詩聖.
· 주요작품: 〈햄릿〉, 〈베니스 상인〉, 〈로미오와 줄리엣〉 등 희곡과 〈소네트 시집〉이 있음.

적극적인 사랑 ✏️

　적극적인 사랑이 좋을까요, 아니면 유유하고 소담스런 사랑이 좋을까요? 이 물음에 대해 당신은 어떤 답을 택하겠는지요. 그 답은 사람에 따라 다를 겁니다.

　어떤 이는 적극적인 사랑을, 또 어떤 이는 소담스런 사랑을 택할 겁니다. 이것은 성격에 기인하기 때문인데 나는 이렇게 말하고 싶습니다.

　"불같이 뜨거운 열정적인 사랑, 그러나 식지 않고 오래갈 수 있는 사랑, 그런 사랑을 하십시오." 라고.

키스로 나를 축복해 주는 당신의 입술을
즐거운 나의 입이 다시 만나고 싶어 합니다.
고운 당신의 손가락을 어루만지며
나의 손가락에 깍지 끼고 싶습니다.

　　헤르만 헤세의 시 〈사랑〉의 일부인데, 열정적인 사랑을 말하고 있습니다. 온전한 사랑이 되기 위해서는 정신적 교감과 육체적인 교감이 공유해야 합니다. 어느 한쪽으로 치우쳐서는 안 됩니다.

　　사랑이란 감정과 감정이 협력하여 이루어지는 것이지 일방적이거나 조건적이어서는 안 됩니다. 서로의 협력으로 빛나는 사랑, 그런 사랑을 해야 합니다.

|헤르만 헤세(1877~1962)|

· 독일의 시인 · 소설가. 1946년 노벨문학상 수상.
· 주요작품: 〈데미안〉, 〈수레바퀴 밑에서〉외 다수.

또 다른 내가 되는 사랑

사랑을 하게 되면, 좀 더 구체적으로 말해 깊이 사랑에 빠지게 되면 평소 때와는 다른 여러 가지 모습을 보이게 됩니다. 안 하던 청소도 하고, 멋을 내기도 하고, 머리 모양을 바꾸기도 하고, 싫어하던 것도 기꺼이 하는 등 전혀 다른 모습으로 변합니다. 모두 사랑하는 이에게 흠 잡히지 않고 잘 보이고 싶어서입니다. 이것이 사랑의 힘입니다. 이처럼 사랑은 그 사람의 모든 것을 바꾸어 놓습니다.

내가 당신을 사랑하는 것은
지금 당신이 당신이기 때문에도 그렇지만
당신 곁에서 내가
또 다른 나로 변하기 때문입니다.

　　로리 크로프트의 시 〈내가 지금 당신을 사랑하는 것은〉의 이 시구에는 사랑함으로써 나타나게 되는 이런 변화를 잘 말해주고 있습니다.

　　지금의 나를 바꿔 사랑하는 이에게 맞춰주는 사랑, 이런 사랑을 해야 합니다. 그래야 발전하는 삶을 살아갈 수 있으니까요.

거대한 불꽃 〰️◖

누군가를 사랑한다는 것은 참 행복한 일입니다. 사랑하는 순간 마음은 온통 핑크빛으로 물들고, 무엇이든 사랑스러워 보이며, 긍정적이고 희망적으로 바라보게 됩니다. 그리고 매 순간순간이 기쁨으로 가득하고, 하루하루가 짧기만 합니다.

자기애自己愛가 유별나게 강한 여자가 있었습니다. 매우 이기적이고 타산적인 여자였습니다. 모든 것을 자기 기준에 맞춰 생각하고 판단하는 독선적인 여자였습니다. 그런데 어느 날 이 여자 앞에 멋진 남자가 나타났습니다. 여자는 한 눈에 남자에게 빠지고 말았습니다. 여자는 남자에게 관심을 끌기 위해 말 한마디도 행동거지 하나에도 주의를 기울였습니다. 그리고 주변 사람들에게도 평소 때와는 다르게 친절하고 상냥하게 대했습니다. 그녀의 달라진 행동에 사람들은 의아해했지만 싫지는 않았습니다.

남자는 그녀의 친절하고 상냥한 모습에 마음이 끌렸고, 둘은 어느새 사랑하는 연인이 되었습니다. 그 후 여자는 변화된 모습으로 늘 밝게 생활하고 있습니다.

사랑은 이처럼 사람의 마음을 완전히 변화하게 만드는 힘을 가졌습니다. 그래서 불가능을 가능하게 합니다.

누군가를 사랑한다는 것은
마음속에 거대한 불꽃을 키워내는 것
그렇게 철저히 고독과 싸워 재가 될 때까지
자신을 태우는 것이다.

W. 카터의 시 〈누군가를 사랑한다는 것은〉에 나오는 이 시구에서 보듯, 누군가를 사랑한다는 것은 마음속에 거대한 불꽃을 키워내는 것입니다. 그래서 그 거대한 불꽃으로 아름답고 영원한 사랑을 만들어내는 것입니다.

이런 사랑을 하십시오.

그런 사랑을 가질 수만 있다면 당신은 사랑의 승리자가 될 겁니다.

사랑은 믿는 것

어느 날 한 20대 남자로부터 전화를 받았습니다. 그는 내 책 〈사랑하라, 오늘이 마지막인 것처럼〉을 감명 깊게 읽었다며 자신의 고민을 풀어달라고 했습니다. 그래서 고민을 말하라고 하자 그 청년은 주저 없이 고민을 털어놓았습니다.

그는 자신의 여자친구를 너무도 사랑하는데 그녀가 어느 날 헤어지자고 했다는 겁니다. 이유는 남자친구, 즉 자신이 너무 고집이 세고, 여자를 배려하지 않아서라고 하더랍니다. 그래서 자신도 그녀의 단점을 말하며 따졌답니다. 그러다 보니 크게 싸우게 됐는데 그 뒤로 잘 만나주지도 않더랍니다. 그는 여자친구가 너무도 그립다고 했습니다. 그런데 자존심 때문에 더는 어떻게 할 수 없다는 거였습니다.

청년의 말을 듣고 나는 "여자친구 없이 살 수 없다면 그녀에게 정중하게 사과하고, 앞으로 어떻게 할 것인가를 분명하게 보여줘라. 진정한 사랑을 위해서라면 자존심을 버리고 사랑하는 이에 대해 믿음을 가져야 한다." 라고

말해주었습니다. 청년은 용기를 주어서 감사하다며 전화를 끊었습니다.

사랑이 그대를 손짓하여 부르거든 따르십시오.
비록 그 길이 어렵고 험하다 해도.
사랑의 날개가 그대를 품을 때에는 몸을 맡기십시오.
비록 사랑의 날개 속에 숨은 아픔이
그대에게 상처를 준다 해도.
사랑이 그대에게 말하거든 그를 믿으십시오.

비록 그 목소리가 그대의 꿈을
모조리 깨뜨려놓을지라도.

    칼릴 지브란의 시 〈사랑은 아픔을 위해 존재 합니다〉의 핵심은 바로 '사랑은 믿는 것이다'입니다. 사랑으로 인한 아픔도, 괴로움도, 눈물도 모두 사랑을 믿지 못해서입니다. 사랑의 아픔을 치유하기 위해서는 사랑을 믿으면 됩니다. 사랑은 믿음에서 오고, 믿음으로 완성되는 것이니까요.

|칼릴 지브란(1883~1931)|

· 레바논 시인.
· 주요작품: 〈예언자〉, 〈반항의 정신〉, 〈골짜기의 요정〉 외 다수.

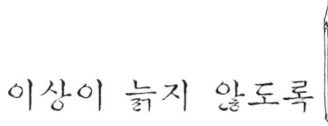

이상이 늙지 않도록

청춘은 겁 없는 용기,
안이함을 뿌리치는 모험심을 말하는 것이다.
때로는 스무 살 청년에게서가 아니라
예순 살 노인에게서 청춘을 보듯이
나이를 먹어서 늙는 것이 아니라
이상을 잃어서 늙어 가는 것이다.

김대중 대통령이 살아생전 애송했다고 말해 유명해진 시, 사무엘 울만의
〈청춘〉의 일부입니다.

그는 '나이를 먹어서 늙는 것이 아니라 이상을 잃어서 늙어 간다.'고 했습
니다. 이 시구에는 유대인의 사상과 철학이 잘 나타나 있습니다.

유대인들은 오랜 박해를 받으면서도 꿈을 잃지 않았고, 죽음의 순간에서

도 희망을 노래했습니다. 그들이 이처럼 꿋꿋하고 의연하게 살아올 수 있었던 힘은 바로 그들이 믿는 유대교 정신에 있습니다. 그리고 그 중심에는 하나님이 계십니다. 유대인들이 믿는 하나님은 그들에게 이상이고 꿈이고 신념이었습니다.

사무엘 울만 또한 이런 유대인의 강점을 가진 사람으로서 삶의 철학을 〈청춘〉에 잘 담아냈습니다.

청춘! 듣기만 해도 싱그럽고 넘실거리는 역동성, 풋풋한 열정, 그리고 뜨거운 피가 느껴집니다. 그래서 나는 청춘을 사랑합니다.

여러분도 지금의 청춘을 사랑하십시오. 지금 취업이 안 돼 어렵다고 용기를 잃어서는 안 됩니다. 용기를 잃으면 아무 것도 할 수 없고, 이상을 잃으면 그 모두를 잃는 것입니다.

|사무엘 울만(1840~1924)|

· 유대인 출신 미국 시인.
· 주요작품: 〈청춘〉, 〈사랑〉, 〈정의〉, 〈어제와 오늘〉 외 다수.

48

그대는 나의 전부

그대는 나의 전부입니다.
오, 내 황혼의 노래를 거두는 사람이여,
내 외로운 꿈속 깊이 사무쳐 있는
그리운 사람이여,
그대는 나의 모든 것입니다.

칠레가 낳은 세계적인 시인, 노벨문학상 수상작가 파블로 네루다!

앞의 인용 문구는 그의 시 〈그대는 나의 전부입니다〉의 일부입니다. 이 시구에서 보듯 '오, 내 황혼의 노래를 거두는 사람이여, 내 외로운 꿈속 깊이 사무쳐 있는 그리운 사람이여,' 라는 말을 들을 수 있는 사람, 이런 사람이라면 어느 누구인들 그 사람에게 자신의 전부를 내어주지 않을 수 있겠습니까.

그대는 나의 전부입니다, 라는 말을 듣는다는 것은 참 행복한 일입니다.

사랑하는 이로부터 이런 말을 듣는 것은 최대의 찬사입니다.

그런데 이런 말을 들으려면 그만큼 사랑하는 이를 감동시켜야 가능합니다. 잘해주지 않는 사람에게 '그대는 나의 전부입니다'라고 말하는 사람은 어디에도 없을 테니까요.

사랑하는 연인들이여!

그대들이 사랑하는 이에게 '그대는 나의 전부입니다. 나 또한 그대에게 전부가 되어드리겠습니다.'라고 자신 있게 말할 수 있는 사랑을 하십시오. 그 사랑이 진정으로 그대들을 최고로 행복하게 해줄 것입니다.

|파블로 네루다((1904~1973)|

· 칠레의 시인. 노벨문학상 수상(1971)
· 주요작품: 〈스무 편의 사랑의 시와 한 편의 절망의 노래〉, 〈모두의 노래〉, 〈자사의 거처 1, 2, 3〉외 다수.

그대를 사랑합니다

-P. 라게르크비스트

사랑은 해맑은 당신의 영혼 속에서
꽃을 피우고 있습니다.

당신을 바라보는 내 마음은
타들어 갈 것처럼 점점 뜨거워지고
당신이 나에게로 다가올 때마다
당신을 기다리던 내 마음은
행복했던 기대로 가득 차오릅니다.

오직 당신만을 기다리던 내 마음은
행복한 기대로 가득합니다.

당신을 향한 내 마음
오직 그 안에서 타오르는 불꽃만이 가득할 뿐입니다.

당신이 나에게로 오고 있습니다.
뜨거운 불꽃은 당신의 손 안에서 꽃이 되고
영원히 잊혀질 수 없는 봄이 됩니다.
당신은 내게 속삭입니다.
그대를 사랑합니다, 라고.

제2부

언제나
당신과
함께이고
싶습니다

사랑

사랑은 오래 참고 사랑은 온유하며
투기하는 자가 되지 아니하며
사랑은 자랑하지 아니하며 교만하지 아니하며
무례히 행치 아니하고
자기의 유익만을 구하지 아니하며 성내지 아니하며
악한 것을 생각지 아니하며 불의를 기뻐하지 아니하며
진리와 함께 기뻐하고 모든 것을 참으며
모든 것을 믿으며 모든 것을 바라며
모든 것을 견디느니라.

예수 그리스도의 사랑을 전하며 진정으로 구도자의 길을 걸었던 바울. 그는 한 때 예수를 부정하고 그를 믿는 자들을 짓밟고 박해를 일삼았습니다.

하지만 그는 예수를 마음에 섬기면서 완전히 다른 삶을 살게 됩니다. 학문이 뛰어나고 자신의 지난 삶을 통해 큰 깨달음을 얻은 바울이기에 사랑에 대한 정의를 이토록 일목요연하게 정리를 할 수 있었던 것입니다.

사랑은 오래 참고, 사랑은 온유하며, 투기하는 자가 되지 아니하며 라는 대목에서 사랑의 진정성을 잘 알 수 있습니다. 사랑하는 사람이 잘못을 해도 오래 참아주고, 온유한 마음으로 대해 준다면 그 사람은 자신의 잘못을 뉘우치고 진심어린 마음으로 다가올 겁니다.

나는 바울의 이 '사랑'(신약성경 고린도전서 13장 4-7절)을 읽을 때마다 이를 실천하는 사람이 되고 싶습니다.

사랑이 식을 때마다, 사랑이 그대 마음을 벗어나려고 할 때마다 이 사랑의 말씀을 읽으십시오. 그러면 온유하고 따뜻한 사랑의 마음을 다시 갖게 될 것입니다.

|바울|

· 기독교 대사도. 바리새주의 학자였으나 회심함.
· 주요작품: 〈사도행전〉, 〈고린도전서〉, 〈고린도 후서〉외 다수.

내가 당신을 얼마나 사랑하는지 ~~~○▷

짧은시간만이라도
당신과내가
바뀌었으면 해요.

그래야당신은
내가당신을 얼마나 사랑하는지를
알테니까요.

　　이 시의 화자는 자신의 사랑을 연인에게 보여주고 싶어하는 마음이 간절
하군요. 이런 마음을 갖게 된 것은 첫째, 사랑하는 사람이 자신의 사랑을 믿
어주지 않아서, 둘째, 자신의 진정한 사랑을 보임으로써 더 값진 사랑을 얻
기 위해서라고 말할 수 있겠습니다.

　내가 아는 어떤 사람은 젊은 날 자신의 사랑을 믿어주지 않는 사람을 차지하기 위해 자살을 시도한 적이 있습니다. 참으로 무모해 보이는 방법이지만 어쨌든 그로 인해서 그 사람과 결혼을 할 수 있었지요.

　"정말 그 때는 눈앞이 캄캄하더라고요. 저 사람이 나 때문에 죽으면 어쩌나 하고. 그 일로 그의 사랑을 믿게 되었지만 지금도 그 생각을 하면 식은땀이 납니다."

　지금도 가끔씩 이렇게 말하며 웃는 그의 아내를 보면 사랑이란 참으로 오묘한 것이라는 걸 깨닫곤 합니다.

　밸쁘헤의 시 〈내가 당신을 얼마나 사랑하는지〉의 이 시구는 그래서 더 의미 있게 다가옵니다.

사랑의 기도

당신은 사랑하는 사람을 위해 기도해본 적이 있습니까? 있다면 어떤 마음으로 했나요?

이 물음에 대해 과연 얼마나 많은 사람들이 그런 적이 있다고 대답할까, 하는 궁금증이 듭니다. 나의 경우 쉽게 그렇다고 대답하겠지만.

사랑하는 사람의 아름다운 미래를 위해, 건강을 위해, 꿈을 위해 기도하는 것은 참으로 아름다운 일입니다.

말없이 사랑하여라.
내가 한 것처럼 아무 말 말고
자주 겉으로 드러나지 않게
조용히 사랑하여라.
사랑이 깊고 참된 것이 되도록
말없이 사랑하여라.

    J. 갈로는 그의 시 〈사랑의 기도〉에서 말없이 사랑하라고 말합니다. 깊고 참되게 하라고 당부합니다.

    우리 주변에는 말로만 사랑을 말하는 사람들이 있습니다. 말로만 하는 사랑은 진정성의 깊이가 얕습니다. 말을 먼저 앞세우는 사람치고 변변하게 일을 처리하는 사람 별로 없듯 사랑도 마찬가지입니다. 말로 하기보단 행동으로 보여주어야 합니다. 말로 하는 사랑보다 행동이 따라갈 때 몇 배의 감동을 주는 게 사랑입니다.

함께하는 사랑

어떤 계획도 함께 설계하고
각자의 꿈도 함께 나누어요.
당신을 도우며 위로하고 싶고
사랑하고 싶습니다.
나는 언제나 당신과 함께이고 싶습니다.

꿈도 함께 세우고, 미래도 함께 설계하는 사랑. 이런 사랑은 생각만으로도 기분을 들뜨게 하지요. 그런데 이를 알고도 실천하지 못하는 게 사람입니다.

왜 그럴까요? 그것은 서로의 생각이 다르기 때문입니다. 설령 같다고 해도 자신의 주장을 앞세우다 보면 사랑하는 이에게 마음의 상처를 주게 되지요. 하지만 이를 잘 조율할 수 있다면 얼마든지 꿈도, 미래도 함께 설계할 수 있답니다.

달리 파톤의 시 〈언제나 당신과 함께이고 싶습니다〉를 읽다보면 사랑하는 이와 함께 하고픈 마음이 가슴속에서 뭉게구름이 되어 몽실몽실 피어오릅니다.

멋진 길을 만나면
사랑하는 사람과 다리가 아플 때까지
함께 걷고 싶다.

맛있는 음식을 보면
사랑하는 사람과 배가 부르도록
함께 먹고 싶다.

재밌는 영화 프로그램이 눈에 띄면
사랑하는 사람과 어깨를 기댄 채
함께 보고 싶다.

내게 넘치도록 고마운 일이나
기쁜 일이 있으면
사랑하는 사람과 웃고 떠들며 마냥
함께 즐기고 싶다.

　이는 나의 〈함께 하고 싶다〉라는 시입니다. 내가 평상시 느끼고 가슴에 담아둔 마음을 풀어 쓴 것입니다. 이것은 비단 나만의 마음이 아닐 것입니다.

　　연인들이여, 그대들이 사랑하는 이와 함께 언제나 아름답고 행복한 사랑을 만들어 가기를 바랍니다.

사랑의 영원성

　어떤 남녀의 이야기입니다. 남자는 키도 크고 잘 생긴 호남형입니다. 집안도 좋아 여자라면 한번쯤 사귀어보고 싶은 남자입니다. 그러나 여자는 집안도 가난하고 나이도 남자보다 많으며 무엇보다도 한쪽 다리를 절었습니다.

　그런데 남자는 이 여자를 너무도 사랑했습니다. 둘은 결혼을 약속하고 남자 부모님에게 자신들의 생각을 말했습니다. 그러나 돌아오는 말은 그들의 가슴 을 너무도 아프게 했습니다. 남자의 아버지가 자신의 눈에 흙이 들어가기 전에는 절대로 결혼할 수 없다고 했던 것입니다.

　둘은 눈물을 흘리며 사정도 하고, 밤새 무릎을 꿇고 애원도 해보았지만 아무 소용이 없었습니다.

　그러자 둘은 신부님을 찾아가 눈물로 혼인서약을 하고 단칸방에서 새 삶을 시작했습니다. 예쁜 아기도 생기고, 성실하게 일해 아파트도 장만했습니다. 그러자 바위 같던 남자의 아버지 마음이 스르르 녹아 다시 결혼식을 올려주었습니다. 지금 그들은 누구보다도 행복하게 잘 살고 있습니다.

사랑을 막을 수 있는 것은
아무 것도 없습니다.
사랑은 시작도 없고
끝도 없기 때문입니다.

    M. 클라우디우스의 시 〈그대 향한 내 마음은 사랑입니다〉의 일부입니다.
이 시구에서 보듯 그들의 사랑은 완고한 아버지도 막을 수 없었습니다. 진정
한 사랑을 원한다면 그 어떤 상황에서도 주저하지 마십시오. 사랑은 그 어느
것으로도 막을 수 없는 절대적인 힘을 가지고 있으니까요.

[M. 클라우디우스(1740~1815)]
· 독일의 시인.
· 주요작품: 〈죽음과 소녀〉, 〈자장가〉 등.

그대는 나의 세계

　사랑하는 사람은 또 다른 나의 세상입니다. 아무리 넓은 세상이 펼쳐져 있다고 해도 자신이 사랑하는 사람의 마음만큼은 넓지가 않습니다. 사랑하는 사람의 마음은 에베레스트 산보다도 높고, 마리아나 해구보다도 더 깊습니다. 사랑의 세계는 무한하기 때문입니다. 그래서 세상이 무너진다고 해도 두렵지 않습니다.

세상이 무너져버린다 해도
그대가 있다는 이유만으로
나는 더 없이 행복할 것입니다.
그대는 이 세상에 존재하는
또 다른 나의 세상,
그대의 마음속은
내가 다시 태어나고 싶은 세계입니다.

　T. 제프란의 시 〈그대가 있다는 이유만으로도〉의 한 구절입니다. 제프란은 사랑하는 사람을 '그대의 마음속은 내가 다시 태어나고 싶은 세계입니다.' 라고 고백하고 있습니다.

　사랑하는 사람은 또 하나의 우주입니다. 그 사랑의 우주에서 행복한 사랑을 펼쳐보십시오. 못 견디도록 삶이 아름답고 충만해짐을 느끼게 될 것입니다.

그대 때문입니다

내가만약
사랑이 어떤 것인지를 알게 된다면
그것은 오직
그대 때문입니다.

당신이 사랑하는 사람이 사랑에 대해 알게 된 것을 그대 때문이라고 말한다면 어떤 생각이 들까요? 아마 모르긴 몰라도 매우 흐뭇한 마음이 들 겁니다. 자신 때문에 소중한 사랑을 알게 되었다고 하는데 흐뭇해하지 않을 이유가 없겠지요.

자신이 사랑하는 사람으로부터 받는 칭찬은 억만금의 돈보다 더 큰 가치가 있습니다. 그래서 칭찬을 잘 하는 것이 필요합니다. 칭찬은 고래도 춤추게 한다는 말이 있듯, 사랑하는 사람으로부터 칭찬을 받게 되면 긍정의 에너지

가 넘쳐나 매사를 낙관적으로 바라보게 됩니다. 이런 긍정적이고 낙관적인 생각이 둘을 더욱 단단하게 동여매주어 더 큰 사랑을 만들게 되는 것입니다.

헤르만 헤세의 시 〈내가 만약〉의 이 시구는 이런 의미로 깊은 공감을 줍니다. 당신도 너무 자주는 말고 가끔씩 당신이 사랑하는 이에게 말하십시오.

내가 사랑에 대해 알게 된 것은 오직 그대 때문이라고. 그러면 당신은 더 큰 사랑을 받게 될 것입니다.

|헤르만 헤세(1877~1962)|

· 독일의 시인 · 소설가. 1946년 노벨문학상 수상.
· 주요작품: 〈데미안〉, 〈수레바퀴 밑에서〉외 다수.

지금까지보다도 더

감성도 없고 무드도 없는 남자가 있었습니다. 그런데 이 돌덩이 같은 사람이 어느 날부터인가 변하기 시작했습니다. 일 년이 다 가도록 책이라곤 거들떠도 안 보던 남자가 책을 읽기 시작한 것입니다. 물론 시집도 읽었습니다. 가족들은 의아하게 생각했고, 친구들도 마찬가지였습니다. 그가 그렇게 변한 데는 다 까닭이 있었습니다. 그에게 너무도 예쁜 여자가 생긴 겁니다.

그는 우연히 문화원에서 열린 시낭송회에 갔다가 시를 낭송하는 어떤 여성을 발견하고는 그만 푹 빠져들고 말았습니다. 그는 다음 날 서점으로 가서 생전 읽어 본 적 없는 시집을 10권이나 샀습니다. 또 에세이를 비롯해 소설과 교양서 등 모두 20여 권의 책도 함께 산 후 시집부터 읽기 시작했습니다.

그는 한 달에 한 번씩 열리는 시낭송회를 손꼽아 기다렸습니다. 그러기를 여러 차례, 그는 마음에 둔 여자와 함께 자리를 하게 되었습니다. 그는 그녀로부터 시에 대해 많은 이야기를 들었고, 그녀와 수준을 맞추기 위해 열심히 시를 읽었던 것입니다.

그들은 사랑하게 되었고, 마침내 결혼을 해서 행복하게 살고 있습니다.

지금까지 보다도 더
그대를 사랑하며

지금까지 보다도 더
그대를 영원토록 원합니다.

수잔 폴리스 슈츠의 시 〈지금까지 보다도 더〉의 시구에서 보듯 사랑하는 이를 지금까지보다 더 사랑하고 아껴주세요. 그러면 더 큰 사랑이 되어 당신을 기쁘게 할 것입니다.

|수잔 폴리스 슈츠|

· 미국의 여류 시인.
· 주요작품: 〈아기에게 보내는 사랑〉, 〈아들에게 보내는 사랑〉, 〈사랑, 사랑, 사랑〉외 다수.

내 사랑을 바칩니다

세상을 살아가면서 가장 위안이 되고, 용기를 주고, 꿈을 주는 사람은 사랑하는 사람입니다. 사랑하는 사람은 그 자체만으로도 큰 위안이자 꿈입니다. 사랑은 이 세상의 모든 것이므로 사랑의 주체가 되는 사람은 그만큼 소중합니다. 그런데 이처럼 소중한 사람이 사랑을 바친다는데 감동하지 않을 사람이 어디 있을까요.

내게 친구가 되어 준 것에
또 우리의 사랑에 대한
그 아기자기한 그대의 속삭임에
내 사랑을 바칩니다.

내가 그대 인생의 일부가 되도록
허락해 준 그대에게
내 사랑을 바칩니다.

　　리차드 W. 웨버의 시 〈내 사랑을 바칩니다〉의 시구인데, 사랑하는 이를 위한 헌사가 간결하게 잘 나타나 있습니다.

　　사랑하는 사람에게는 가끔 자기의 의지를 표현하는 것이 좋습니다. 그러면 사랑하는 이로부터 충만한 사랑을 되돌려 받을 수 있을 테니까요.

　　"그대에게 내 사랑을 바칩니다."

　　참 멋지고 따뜻한 말이군요.

　　사랑하는 사람에게는 반드시 필요한 말이랍니다.

나였으면 좋겠습니다 ～～━◁⊨

행복에 겨운 그대와 함께
미소짓는 사람이 바로
나였으면 좋겠습니다.

그대가 사랑하는 사람이 바로
나였으면 좋겠습니다.

그대가 사랑하는 사람이 나였으면 좋겠습니다. 그대가 함께 여행하고 싶은 사람이 나였으면 좋겠습니다. 그대가 새로운 미래를 만들기 원하는 사람이 나였으면 좋겠습니다. 그대가 못 견디게 그리워하는 이가 나였으면 좋겠습니다.

사랑하는 사람과 함께 하고 싶은 간절한 마음을 누구나 갖고 있을 겁니다.

앞의 글은 수잔 폴리스 슈츠의 시 〈바로 나이게 하소서〉의 일부인데, 이 시구에는 사랑하는 사람에게 선택되어지기를 간절히 열망하는 마음이 잘 나타나 있어 공감을 줍니다.

내가 사랑하는 사람이 내가 아닌 다른 사람을 사랑한다면 그것은 고통을 넘어 절망이 될 것입니다. 그런 일은 없어야 하겠습니다. 아니, 그런 일이 없도록 하기 바랍니다. 모든 일의 결과는 오로지 자신의 책임이니까요.

|수잔 폴리스 슈츠|
· 미국의 여류 시인.
· 주요작품: 〈아기에게 보내는 사랑〉, 〈아들에게 보내는 사랑〉, 〈사랑, 사랑, 사랑〉외 다수.

언제까지나 그대와 함께

　언젠가 버스를 타고 여행을 하는데 어떤 20대 여성이 애인인 듯한 남자의 어깨에 기대어 잠들어 있었습니다. 남자는 잠든 여자를 사랑이 가득 담긴 눈으로 바라보고 있었습니다. 그 모습이 너무도 사랑스러워 보였습니다. 사랑하는 사람의 어깨는 사랑하는 이에게 훌륭한 쉼터가 되어주고, 안락한 받침이 되어주고, 그래서 평안함을 줍니다. 그랬기에 여자는 남자의 어깨에 기대어 안락한 잠을 잘 수 있었던 겁니다.

　사랑에 물들면 모든 것을 사랑하는 사람에게 맡기게 됩니다. 맡긴다는 것은 자신의 모두를 내어준다는 것과 같은 의미입니다. 그렇지 않다면 맡길 수가 없습니다.

그대와 함께
나는 편안한 기분을 느끼고 싶습니다.

그대 어깨에 내 머리를 기대고.

그대와 함께
나는 언제까지나 머물고 싶습니다.

제니퍼 수오티의 시 〈그대 어깨에 내 머리를 기대고〉의 일부인 이 시구에는 사랑하는 사람에게 자신을 맡기고 편안한 안식을 취하고 싶어하는 이의 마음이 잘 나타나 있습니다.

사랑하는 사람이 당신의 어깨를 필요로 한다면, 언제든지 내어주십시오. 그것이 사랑입니다.

그대는 내가 사랑하는 단 한 사람

　사랑하는 이가 사랑하고 싶은 사람, 사랑하는 이가 꿈꾸던 사람, 사랑하는 이가 원하는 이상이 되는 사람. 당신은 그런 사람을 가졌나요? 그렇다면 당신은 행복한 사람입니다. 또한 당신이 누군가에게 그런 사람이라면 당신은 벅찬 행복으로 인해 어쩔 줄 모를 만큼 기쁠 것입니다.

　당신은 사랑하는 이로부터 이상이 되고, 꿈이 되고, 사랑하고 싶을 만큼 매력적인 사람이라고 생각하는지요? 그렇다면 당신은 정말 행복한 사람입니다.

그대는 내가 항상 생각해왔던
그 사람입니다.
그대는 나의 전 세계 안에서
가장 중요한 사람,

그대는 내가 사랑하는
단 한 사람입니다.

    이 시구는 레베카 바렛트의 시 〈그대는 내가 사랑하는 단 한 사람〉의 일부
인데, 사랑하는 이에 대한 찬사가 넘쳐나는군요.

    당신은 당신이 사랑하는 이에게,

    "그대는 내가 항상 생각해왔던 그 사람입니다. 그대는 나의 전 세계 안에
서 가장 중요한 사람입니다"

    라는 말을 듣는 사람이기를 바랍니다.

당신이 준 선물

함께 생활했던 우리의 인생 가운데
당신이 준 선물
당신이 보여 준 사랑,
당신이 내게 해준 모든 것에 대해
감사드립니다.

연인으로부터 받은 사랑, 선물에 대해 진정으로 감사하는 마음이 잘 나타나 있습니다. 이런 사랑을 해도 부족한 것이 인생입니다. 그런데 사랑하는 이들끼리 싸우고, 눈물짓고, 한숨을 쉬며 서로를 원망한다면 얼마나 가슴이 아플까요.

젊은 연인들이여, 그대들은 후회하지 않는 사랑을 하십시오. 언제나 두고 두고 서로에게 감사하십시오. 당신이 내 곁에 있어 참 감사합니다, 라고 말할 수 있는 사랑을 하십시오.

앞의 글은 앤드류 타우니의 시 〈당신이 내게 준 선물〉의 한 구절로 사랑의 감사에 대해 잘 표현하고 있습니다.

사랑은 자신이 주는 만큼 되돌려 받는 것입니다. 풍족한 사랑을 받고 싶다면 풍족한 사랑을 주십시오. 자신은 적게 주면서 많은 것을 바란다면 그것은 공허한 욕심이며 오만입니다.

그대는 참 좋은 사람입니다

-수잔 폴리스 슈츠

그대는 매우 친절하고 부드러우며
내게 많은 관심을 기울여 주시는군요.

그대는 또 자신감이 충만합니다.
자신은 감수성이 예민하여
상처받기 쉬우면서도
뛰어난 아름다움을 보여주는 것을
두려워하지 않습니다.

그대 자신의 느낌과 감정에 화합하여
그렇게 한다는 것이
내게는 아주 소중한 일이며
성공적인 우리 둘의 관계를 위해서도 아주
중요한 일이랍니다.

그대가 이렇게 좋은 사람이라는 사실에
감사드리고 싶습니다.

|제3부|

그대는
내 사랑
입니다

그대는 내 사랑입니다

어느 날 서점에서 책을 살펴보다가 아름다운 광경을 목격했습니다. 20대 중반 쯤 되어 보이는 연인이었습니다. 남자의 손에는 7권도 더 되는 책이 들려져 있었습니다.

"이제 그만 사. 다음에 또 사면 되잖아."

여자가 말했습니다.

"많이 사주고 싶어서 그래. 읽고 싶은 책 있으면 다 말해."

남자는 이렇게 말하며 미소를 지었습니다.

"그래도 오늘은 그만 사고 다음에 내가 필요하다고 할 때 사줘. 나 배고파. 빨리 계산하고 밥 먹으러 가자."

여자는 남자의 손을 가만히 잡아끌었습니다. 그러자 남자는 자석에 이끌리듯 계산대 앞으로 갔습니다.

그들을 바라보는 내 입가엔 엷은 미소가 번졌습니다. 풋풋한 그들을 보는 것만으로도 내 마음은 한껏 부풀어 올랐습니다. 너무도 사랑스러운 연인이었습니다.

남자와 여자가 서로 만나기 전에는 누구나 혼자입니다. 그러나 둘이 만나 사랑을 하게 되는 순간 더 이상 혼자가 아닌 둘이 됩니다. 사람들이 둘이 되고 싶은 것은 본능입니다.

인간은 생리적으로 남녀가 함께 할 때 더 큰 에너지를 발산하고, 삶을 보다 긍정적으로 받아들이게 되고, 남을 배려하는 마음도 배가됩니다. 왜일까요? 사랑은 사람의 마음을 완전히 바꾸어 놓는 힘을 가졌기 때문입니다.

그대를 사랑합니다.
그대 속에서 발견하기 전에는 모르고 있었던
진실한 사랑의 의미를 찾아 헤매었기에.

그대는 내 사랑입니다.

이 시구는 조너 반의 〈그대는 내 사랑입니다〉의 일부입니다. 시인은 사랑을 함으로써 진실한 사랑의 의미를 깨닫게 되었다고 고백합니다.

사랑은 그런 것입니다. 사랑을 함으로써 보다 진실에 이르게 되고, 그래서 삶을 더욱 사랑하게 되는 것입니다.

　　서점에서 본 연인도 처음엔 혼자였지만 사랑함으로써 둘이 되었습니다.
둘이 된 그들은 서로에게 특별한 의미가 되었던 것입니다. 그랬기에 남자는
돈을 아까워하지 않고 사랑하는 여자에게 마음껏 책을 사주고 싶었던 것입
니다.
　　그대는 내 사랑입니다, 라고 말할 수 있는 사람이 곁에 있다는 사실에 감
사하십시오. 사랑하는 사람이 있다는 것은 참 행복한 일입니다.

처음부터 원했던 그대

그대를 처음 알게 되었을 때
내가 원했던 것은 그대의 미소였습니다.
그 후에도
그대의 격려와
그대의 부드러운 손길과
그대의 적극적인 자세와
그대의 사랑을 원했답니다.
또한 그대의 승낙과
그대의 자존심과
그대의 웃음을 원했답니다.
그러나 처음부터 내가 원했던 것은
바로 그대였답니다.

한 사람이 또 다른 한 사람을 사랑하는 순간 모든 것이 달라지기 시작합니다. 그 사람의 미소, 좋아하는 취미와 음식, 그 사람이 좋아하는 것이라면 그 어떤 것도 덩달아 좋아집니다.

어느 날 길을 가는데 스물 한두 살 쯤 되어 보이는 젊은 남녀가 길거리에서 키스를 하고 있었습니다. 사람들이 지나가도 아랑곳하지 않았습니다. 그런데 어떤 아주머니가 고개를 살래살래 흔들며 애써 외면하며 그들을 비켜 지나갔습니다. 나도 조금은 당황스러웠지만 그들의 모습이 그렇게 나빠 보이지는 않았습니다. 사랑을 하면 함께 있고 싶고, 만지고 싶고, 키스하고 싶은 마음이 드는 건 자연스런 현상이니까요.

마이클 J. 멜베나는 시 〈처음부터 내가 원했던 것은 바로 그대입니다〉에서 사랑하는 이의 격려, 부드러운 손길, 적극적인 자세, 사랑, 웃음을 원하지만 진실로 원하는 것은 바로 그대라고 말합니다.
사랑은 그 실체가 되는 바로 그 사람을 간절히 원하는 것입니다.

새로운 삶

우리가 함께 새 삶을 시작하는 것이
곧 우리 뒤에 남겨진 각자의 삶을
잊어버려야 한다는 것은 아니랍니다.
그보다는 현재의 우리를 있게 한
두 사람 사이의 차이점을 유념해야 하며
두 사람이 서로에게 어떤 존재가 될 수 있는지를
추구하는 가운데서도
그대와 내가 서로 어떤 사람인가를
생생히 기억하도록 해야 합니다.

　환경이 서로 다른 사람이 만나 사랑을 하게 되면 새로운 모습만 보이려고
하지요. 사랑을 하기 전보다 더 멋진 모습을 보이고 싶어 하고, 더 부드러운

말씨를 사용하고, 더 너그러운 모습을 보이게 됩니다. 사랑하는 사람에게 잘 보이고 싶기 때문이지요. 그러나 자신의 진정한 모습을 보여주는 것이 더 좋습니다. 그래야 그 사랑이 오래 가고 진실해진답니다.

좋은 모습만 보이는 것은 한계가 있습니다. 어느 날 자신도 모르게 행동하거나 말을 할 때, 사랑하는 이가 당황하는 모습을 상상해보십시오. 실제 이런 일로 실망을 해서 사랑이 깨지는 일이 많습니다.

로라 웨스트의 시 〈우리의 새로운 삶을 위하여〉에서는 이런 위험성과 두 사람 사이의 차이점에 유념하는 것이 중요하다고 말합니다.

그렇습니다.

새로운 것만 쫓다 보면 가식으로 물들어 갈 수 있습니다. 있는 그대로의 모습으로 그리고 사랑하는 이가 원하는 따르는 것이 현명한 사랑법입니다.

그리울 땐 그립다고 말하십시오

어떤 여자가 있었습니다. 그녀는 사랑을 표현하는 것에 참 서툴렀습니다. 마음속으로는 그렇지 않은데 겉으로 표현을 하지 못합니다. 남자는 생각에 잠기곤 했습니다. 여자가 자신을 별로 좋아하지 않는데 자신만 들떠서 좋아하는 건 아닌가, 하고 말입니다. 생각 끝에 남자는 그녀를 놓아주기로 결정하고 자신의 마음을 편지에 담아 여자에게 건네주었습니다. 무슨 내용인지 궁금해하던 여자는 집으로 오자마자 편지를 읽어 내려갔습니다. 그리고 눈물을 주르르 흘렸습니다. 남자친구가 이별을 통보한 것입니다. 아무래도 너는 나를 좋아하지 않는데 자신만 좋아하는 것 같아 놓아주고 싶다고 말입니다. 여자는 평소 무뚝뚝했던 자신의 모습을 떠올리며 이틀을 고민하다 남자를 찾아갔습니다. 그리고 사실은 자신도 깊이 사랑하는데 다만 그런 마음을 표현하지 못한 것뿐이라고 말했습니다.

남자는 그 말이 진정이냐고 물었고, 여자가 그렇다고 하자 와락 끌어안았습니다. 그리고 말했습니다.

"사랑해! 무지무지."

그러자 여자도 말했습니다.

"나도 너무너무 사랑해!"

그날 이후 그녀는 자신의 감정을 숨기지 않고 그때그때 표현했습니다. 둘의 사랑은 더욱 깊어져 결혼을 했고, 지금은 행복하게 살고 있습니다.

사랑이 오래 지속되게 하려면 솔직해야 합니다. 사랑하는 이에게 사랑을 표현하지 않으면 그 사랑은 병들게 됩니다. 병든 사랑은 오래가지 못하고 머잖아 깨지고 맙니다.

그런데 그립고 보고파도 말하지 않는 사람을 종종 봅니다. 자기 감정을 그대로 드러내는 것을 경망스럽게 생각했던 유교적 관념 때문입니다. 하지만 이는 잘못된 생각입니다.

그리울 땐 그립다고 말하고, 보고 싶을 땐 보고 싶다고 말해야 합니다. 이런 감정을 그대로 방치한다면 그리움에 사무쳐, 보고픔에 사무쳐 병이 될 수도 있습니다.

그리울 때
그립다고 말하고 싶습니다.
그대가 내게 가르쳐 준 것처럼
그리움이 더 큰 상처가 되지 않게 하기 위하여
그리울 때 그립다고 말하고 싶습니다.

　K. 리들리의 시 〈그리울 땐 그립다고 말하고 싶습니다〉의 이 시구가 이를 잘 말해주고 있습니다.

　앞의 두 남녀는 헤어지기 직전 여자가 자신의 진심을 말하였기에 헤어지지 않고 더욱 아름다운 사랑을 키울 수 있었고, 결혼해서 행복하게 살게 되었던 것입니다.

　당신은 당신의 감정에 보다 솔직해지기 바랍니다. 그것이 사랑하는 사람과의 사이를 더욱 행복하게 만들어 줄 것입니다.

내 사랑을 알게 하고 싶습니다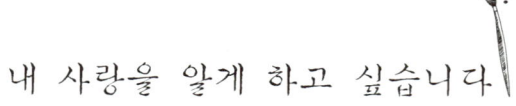

　　서로를 못 견디게 사랑하는 연인이 있었습니다. 그런데 하찮은 일로 오해가 생겼습니다. 여자가 다른 남자와 정답게 이야기 하는 것을 본 그녀의 남자친구가 그만 오해를 한 것입니다. 여자는 오해라고 설명했지만 남자는 그녀의 말을 믿지 못했습니다. 오해라고 하기에는 너무도 다정했다는 게 남자의 주장이었습니다.

　　여자와 이야기를 나누었던 남자는 초등학교 때 전학 간 그녀의 반 친구였는데, 거리를 지나다 우연히 만났던 것이었습니다. 뜻밖의 만남이라 너무도 반가워서 웃고 얘기하다보니 그렇게 보였을 뿐인데 남자는 옹졸하게도 그녀의 말을 믿지 않았습니다.

　　여자는 그렇게 옹졸한 사람과는 더 만나지 않겠다고 절교를 선언했습니다. 얼마의 시간이 흐른 뒤, 남자는 자신이 오해를 했다는 걸 알게 되었습니다. 그래서 용서를 빌었지만 여자의 마음속에 이미 그는 없었습니다. 남자는 자신의 속 좁음을 두고두고 후회하였습니다.

사랑하는 이가 자신의 진심을 몰라주는 것처럼 야속한 일은 없습니다. 아무리 진심을 이야기해도 받아들여주지 않으면 정말 속이 터지지요.

역지사지易地思之라는 말이 있습니다. 상대방의 입장에서 생각하면 상대방을 잘 알 수 있다는 이야기입니다. 인간관계에서 상대가 무엇을 원하고, 어떤 입장에 놓여 있는지, 또 무엇을 좋아하고, 무엇을 싫어하는지를 이해하는 것은 대단히 중요합니다.

특히 연인이나 부부 사이에서는 원하는 것은 미리 알아서 챙겨주고, 싫어하는 것은 하지 않아야 됩니다. 그러면 당신은 최고의 배우자가 될 것입니다.

단 한순간만이라도
그대와 내가
서로 뒤바뀌었으면 좋겠습니다.
그래야 그대가 알게 될 테니까요.
내가 그대를
얼마나 사랑하고 있는지를.

D. 포프헤도 그의 시 〈한 순간만이라도〉에서 단 한순간만이라도 서로 바뀌었으면 좋겠다고 말합니다. 그러면 자신의 사랑을 알게 해줄 수 있다는 것이지요.

그렇습니다.

　　서로의 입장을 바꾸어서 진지하게 생각한다면 더욱 행복한 사랑을 할 수
있습니다. 깨지고 상처 주는 사랑은 절대 하지 않을 테니까요.

죽음도 함께 하는 사랑 〰️⌐◦

그리운 이여,
그대가 캄캄한 무덤 속에 누워 있다면
나도 무덤으로 내려가
그대 곁에 눕겠습니다.

사랑하는 이가 세상과 이별하는 것을 보는 것처럼 마음 아픈 일도 없을 것입니다. 할 수만 있다면 어떻게 해서라도 마지막 길을 막아주거나 함께 가고 싶겠지요.

내가 어렸을 때 사랑하는 여자가 병들어 죽자 그녀를 따라 죽는 남자를 본 적이 있습니다. 어린 나는 죽음이라는 단어만 떠올려도 숨이 막힐 만큼 무섭고 두려웠습니다. 그런데 아무리 사랑하는 사이라고 하더라도 상대를 따라서 죽다니, 도저히 상상할 수 없는 일이었습니다. 한편으로는 그 남자가 바보 같이도 생각되었습니다. 그러나 사랑을 알 나이가 되자 그 남자의 사랑이 참으로 크고 대단했다는 것을 깨달았습니다. 사랑하는 사람을 못잊어 죽음까지 함께 하는 사랑은 종교 만큼이나 거룩합니다.

앞의 시구는 하인리히 하이네의 시 〈그날이 와도〉의 일부인데, 이 시에서도 사랑하는 이에 대한 자신의 변함없는 결의를 잘 보여주고 있습니다. 그렇다고 해서 죽음을 가벼이 하라는 얘기는 아닙니다. 죽음이란 인간에게 가장 두려운 일이므로 목숨을 바치는 심정으로 사랑한다면 더 큰 사랑을 할 수 있다는 것을 말하는 것입니다.

|하인리히 하이네(1797~1856)|

· 독일 시인.
· 주요작품: 〈노래의 책〉, 〈하르쯔 기행〉등이 있음.

험한 세상의 다리가 되어

가난한 연인이 있었습니다. 둘은 너무도 사랑했습니다. 남자는 신학생이 었고, 여자는 남자를 위해 힘들게 일하며 뒷바라지를 했습니다. 이를 안 여 자 집에서는 난리가 났습니다. 둘을 갈라놓기 위해 남자를 불러 엄포를 놓기 도 하고, 여자가 집을 나가지 못하게 문을 잠그기도 했습니다. 그러나 소용 이 없었습니다. 네 멋대로 할 거면 더는 내 자식이 아니라는 아버지의 말도 여자의 사랑에 대한 열정을 막지는 못했습니다.

마침내 집을 나온 여자는 아무것도 가진 것 없는 남자와 살림을 시작하여 헌신적인 사랑을 펼쳐나갔습니다. 그로부터 칠 년 뒤 신학교를 마친 남자는 목사가 되었고, 차차 생활도 안정이 되었습니다. 여자의 깊은 사랑은 남자에 게 희망의 다리가 되었고, 지금은 누구보다도 행복한 삶을 살고 있습니다.

나는 그들의 사랑이야기를 들으며 마음이 참 따뜻했습니다. 그리고 그들 의 아름다운 사랑을 진심으로 축복해주었습니다.

사랑하는 사람이 지치고 힘들 때 편안한 안식이 되어주는 사랑, 슬픔에 빠졌을 때 눈물을 닦아주는 사랑, 마음이 쓸쓸할 때 마음을 따뜻하게 해주는 사랑, 삶에 어둠이 찾아올 때 빛이 되어주는 사랑, 길을 가다 강물을 만나게 될 때 다리가 되어주는 사랑, 이런 사랑은 참으로 아름답고 숭고한 사랑이 아닐 수 없습니다.

당신이 의기소침해하거나
당신의 눈동자에 눈물이 고일 때
당신의 눈물을 닦아주고 당신 곁에 있으리.

빛이 필요하다면
난 곧장 노 저어 가리.
험한 세상 건너는 다리처럼
당신의 마음을 안정시키리.
당신의 마음을 편안케 하리.

　S. A 갈푼겔의 시 〈험한 세상의 다리가 되어〉는 이런 사랑의 정신을 잘 보여주고 있습니다.
　그런데 자기의 유익을 위해서, 자신의 쾌락을 위해서만 사랑을 원한다면

그런 사랑은 거짓 사랑이며 위험한 사랑입니다. 이런 야비하고 치졸한 사랑은 꿈에서도 생각지 말아야 합니다. 그런 생각을 하는 순간 당신의 영혼은 병들고 말 것입니다.

최상의 선

　사랑에 빠진 사람에게 사랑이 밥 먹여 주냐고 비아냥대는 사람들이 있습니다. 사랑을 모독하는 무식쟁이들이나 하는 말입니다. 사랑의 가치를 형편없이 만들어버리는 이런 말은 삼가야 합니다.

　사랑이라는 단어가 흔하게 남발되다 보니 어떤 이들은 사랑이란 단어가 들어간 시나 소설을 형편없는 싸구려 취급을 하기도 하는데 그들은 스스로 자신의 무식함을 드러내는 것입니다.

　사랑을 가볍게 여기고 깔보면 안 됩니다. 이 세상의 모든 화두는 사랑으로 시작해서 사랑으로 종결됨을 잊지 말아야 합니다.

　"사랑할 수 있다는 것은 모든 것을 행할 수 있다는 것이다"

　안톤 체호프의 말입니다.

　맞습니다. 사랑이 있다면 못할 것도, 두려울 것도 없습니다.

사랑,
그 존재만으로도
세상의 모든 짐을 가볍게 해주는
최상의 선.

토마스 아캠피스는 그의 시 〈사랑, 모든 감각 속에서 지켜지는〉에서 사랑은 이 세상 모든 짐을 가볍게 해주는 '최상의 선'이라고 규정합니다.

사랑!

그를 믿고 당신의 모든 것을 맡기기 바랍니다.

|토마스 아캠피스|

· 네덜란드 공동체 수도사.
· 주요작품: 〈그리스도를 본받아〉, 〈장미동산〉 등.

가장 큰 행복

사랑을 하게 되면 서로 생각이 일치하는 경우가 많음을 경험하게 됩니다. 신기하게도 행동과 말이 일치하는 것입니다. 심지어는 얼굴의 모습까지도 점점 닮아갑니다. 이는 생각을 공유하게 되기 때문입니다. 그러나 사랑이 깊지 못한 사람들은 일치하는 행동, 일치하는 말을 경험하지 못합니다. 생각을 공유하는 시간이 적기 때문입니다.

우리의 영혼을 언제나 함께 있게 만드는,
이 감미롭고 친밀한 생각의 일치를 신뢰하는 것은
나의 가장 큰 행복 중 하나입니다.

빅토르 위고의 시 〈언제나 당신이 나만을 생각한다면〉의 시구에는 '언제

나'라는 말이 나옵니다. 언제나 나만 생각해준다면 생각과 행동이 일치하는 것은 지극히 당연한 일이지요.

큰 행복을 원한다면 당신이 사랑하는 이와 생각을 공유하도록 하십시오. 그러면 더욱 행복해질 것입니다.

|빅토르 위고(1802~1885)|

· 프랑스 시인이자 극작가며 소설가.
· 주요작품: 〈레미제라블〉, 〈가을의 나뭇잎〉, 〈명상시집〉 등 다수.

사랑만이 희망이다

죽음이 골짜기에 떨어져도 사랑하는 이만 있으면 희망이 있습니다. 사랑이 죽음의 두려움을 잊게 하기 때문입니다. 그러나 사랑이 없다면 희망도 그무엇도 없습니다.

부부가 있었습니다. 둘은 너무도 서로를 사랑했습니다. 가난한 삶 속에서도 그들은 행복했습니다. 가난함도 장애가 되지 않았습니다. 그러던 어느 날남편이 사고를 당해 아무것도 알아보지 못했습니다. 힘없는 눈망울만 굴릴뿐 그토록 사랑하는 아내도 알아보지 못했습니다.

아내는 그런 남편을 위해 하루도 빠지지 않고 기도를 드렸습니다. 그리고항상 남편 곁을 떠나지 않았습니다. 남편의 기억을 찾아주기 위해 추억이 묻어 있는 물건이나 책 등 기억의 실마리를 찾아낼 거라면 무엇이든 보여주었습니다. 그러나 야속하게도 아무런 반응을 보이지 않았습니다.

어느 날 아내는 우연히 남편의 편지를 보게 되었습니다. 그 편지는 남편이 아내에게 쓴 첫 편지였습니다. 아내가 그 편지를 읽고 남편과의 사랑을 시작했을 만큼 감동적인 편지였습니다.

아내는 그 편지를 남편에게 읽어주었습니다. 그러나 아무런 반응을 보이지 않았습니다. 하지만 아내는 매일 매일 그 편지를 보여주고 읽어주었습니다.

그러던 어느 날 놀라운 일이 벌어졌습니다. 남편의 눈동자가 움직이더니 손가락이 움직이기 시작했습니다. 그러더니 아내를 알아보았습니다. 순간 아내는 무릎을 꿇고 눈물을 흘리며 기도를 했습니다.

기적처럼 남편은 기억을 되찾았던 겁니다. 아내에 대한 남편의 숭고한 사랑이 담긴 편지가 남편의 기억을 되살린 것입니다.

힘겨운 세상일수록
사랑이 희망일 수 있습니다.

새들은 하늘에 검은 먹구름이 드리울수록
더욱 세차게 날개 짓하며 비상한다는 것을
잊지 마십시오.

V. 드보라의 시 〈사랑만이 희망이다〉의 시구인데 이 시에서처럼 사랑은 그들 부부에게 끝이 보이지 않는 절망 중에서도 새로운 희망을 주었습니다.

사랑은 불가능한 것도 가능하게 하고, 불가사의한 일도 일어나게 합니다.
사랑은 인간의 상식을 뛰어넘는 놀라운 능력입니다.

삶이 그대를 속일지라도

삶이 비록 그대를 속일지라도
슬퍼하거나 노여워하지 마십시오.
슬픔을 딛고 일어서면
기쁨의 날이 오리니

마음은 항상 미래를 향하고
현재는 한없이 우울한 것
하염없이 사라지는 모든 것은
한번 지나가 버리면 그리움으로 남습니다.

　나는 푸슈킨의 시 〈삶이 그대를 속이더라도〉를 읽을 때마다 시인은 희망
을 주는 사람이어야 하고, 그래서 희망을 주지 못하는 시는 가치가 없다고

믿습니다.

한 편의 좋은 시는 절망 중에 있는 사람들을 희망으로 이끌어냅니다. 사랑을 잃은 자에겐 사랑을 주고, 슬픔에 빠진 이에겐 눈물을 닦아주고, 용기를 잃은 이에게는 굳센 의지의 힘을 줍니다.

이런 관점에서 푸슈킨의 이 시는 매우 의미가 있습니다. 삶을 낙관하고 긍정적으로 바라보게 하는 것이 이 시의 핵심입니다.

사람은 살다보면 뜻하지 않는 일로 기뻐하기도 하고 슬퍼하기도 합니다. 기쁜 일은 좋아하면서도 슬픈 일에는 두려움으로 어쩔 줄을 모릅니다.

인간이 극복하지 못하는 것은 없습니다. 어떤 상황에서도 희망의 끈을 놓지 말아야 하겠습니다.

|알렉산드르 푸슈킨(1799~1837)|

· 러시아 시인이자 소설가.
· 주요작품: 〈예브게니 오네긴〉, 〈대위의 딸〉, 〈청동기사〉외 다수.

그대가 없다면

사랑하는 이가 갑자기 곁에서 떠나갔을 때를 상상해본 적이 있는지요? 그런 생각은 생각자체만으로도 가슴을 쓸쓸하게 하고 허전하게 합니다.

어느 날 어떤 여자로부터 전화가 왔습니다. 사랑하는 이가 갑자기 자신의 곁을 떠났다고 했습니다. 그런데 문제는 싸움도 없었고, 헤어져야 할 그 어떤 이유도 없었다는 것입니다.

여자가 헤어져야 하는 이유를 말해달라고 하자 "난 이제 너와의 사랑이 지겨워졌어." 라고만 하더라는 것입니다.

여자는 너무 황당하고 어이가 없어 잠들지 못하는 나날을 보내야 했습니다. 그리고 일 년이 지난 후 남자가 죽었다는 걸 알았습니다. 남자는 시한부 판정을 받고 자신으로 인해 고통 받을 사랑하는 사람을 위해 매정하게 떠나갔던 것입니다. 여자는 남자를 잊지 못해 새로운 사랑을 한다는 것이 두려워 4년을 마음을 닫아걸고 살았다고 했습니다.

그런데 최근 자신을 너무도 좋아하는 남자가 생겼다고 합니다. 물론 자신도 그 남자를 좋아한다는 것입니다. 하지만 새로운 사랑을 한다는 것이 떠난 남자의 사랑을 배신하는 것 같아 두렵다고 했습니다.

나는 이렇게 말했습니다.

"당신은 4년 동안이나 아픔을 견디며 살았고, 떠난 남자도 당신이 행복하기를 바랄 것입니다. 그러니 새로운 사랑을 시작하십시오."

그녀는 내 말을 듣고 자신감을 얻은 것 같았습니다. 그녀가 새로운 사랑을 시작했는지는 모르지만 그녀가 행복한 사랑을 했으면 합니다.

장미꽃들이 달빛과 어우러져
즐겁게 춤추는 아름다운 모습도
그대가 함께 하지 않는다면
아무런 의미가 없습니다.

내 곁에서 걷고
내 마음 안에 살고 있는 그대가 없다면…….

사랑하는 이를 떠나보낸 사람은 호이트 액스턴의 시 〈그대가 없다면〉의 시구처럼 삶의 의미가 없다는 것을 느끼며 절망하게 되지요.

지금 당신 옆에 사랑하는 사람이 있다면 잘 해 주십시오. 떠나면 슬픔만
남는 것이 사랑입니다.

행복한 마음으로 ✏️

사람들은 모두
자신의 방식대로 행복을 찾습니다.
나는
행복한 마음으로
당신을 생각합니다.

행복한 마음으로 바라보면 모든 것이 행복하게 보이고, 슬픈 마음으로 바라보면 모든 것이 슬프게 보입니다. 사랑도 어떤 마음으로 하느냐가 매우 중요합니다. 물론 사람에 따라서 사랑하는 방법에 차이가 있겠지만 분명한 것은 사랑을 할 땐 최고로 행복한 마음으로, 최고로 아름다운 마음으로, 최고로 사랑스런 마음으로 연인을 대하라는 것입니다. 그래야 내게 돌아오는 사랑도 최고로 행복하게, 최고로 가치 있게, 최고로 아름답습니다.

폴 고갱은 그의 시 〈행복한 마음으로 당신을 생각합니다〉에서 말합니다.
'나는 행복한 마음으로 당신을 생각합니다.'라고.

그렇습니다.

늘 행복한 마음으로 사랑을 하고, 기쁜 마음으로 사랑을 주기 바랍니다.

| 폴 고갱 (1848~1903) |

· 프랑스 화가.

· 주요작품: 〈황색의 그리스도〉, 〈캔버스 앞의 자화상〉 외 다수.

아름다운 사람에게

-제니스램

나는 우리 사랑이 애초부터
이렇게 예정되어 있었다고 생각합니다.
만일 우리가 처음 만났던 바로 그때에 만나지 못했더라면
우리가 함께하는 이 특별한 나눔이
오늘처럼 이루어질 수는 없었으리라는 걸 압니다.

우리 두 사람이 바로 그때에
서로의 마음을 움직이지 못했더라면
오늘날 나는
어느 한 사람을 사랑하지 못했을 겁니다.
그 사람은 단순히 어느 누군가가 아닌
아주 아름다운 사람이랍니다.

그 사람이 바로 그대라는 것에 감사드리며,
또한 내가 인생에서 찾을 수 있는
그런 기쁜 일들을 알 수 있게 해준 것에도
감사를 드립니다.

제4부

우리
사랑에는
끝이
없습니다

감싸주는 사랑

어떤 남자가 사고를 당하고 말았습니다. 운동을 하다 그만 다리에 심한 부상을 입은 것입니다. 애석하게도 남자는 고아였는지라 그를 간호해줄 가족 하나 없었습니다. 친구들이 가끔씩 들러 보살펴줄 뿐이었습니다. 이를 애석하게 여기던 간호사가 틈틈이 그를 살펴주었고, 그는 간호사의 따뜻한 정성에 감복하였습니다.

두 달 동안의 시간이 지나는 동안 둘 사이엔 애틋한 마음이 강물처럼 흘렀습니다. 남자는 퇴원을 했지만 그녀를 잊을 수 없었습니다. 그래서 그녀에게 만나자고 편지를 보냈고, 여자는 그의 요청을 흔쾌히 들어주었습니다. 여자 또한 그를 마음에 담아두고 있었던 것입니다.

서로의 마음을 확인한 둘은 급속도로 가까워졌고, 잠시도 떨어져선 살 수 없을 만큼 사랑하였습니다. 비록 그는 고아였지만 그의 진정성을 안 여자 부모의 허락으로 마침내 그녀와 결혼을 하였습니다. 한 여자의 따뜻한 사랑이 피붙이 하나 없는 남자에게 희망이 되고, 삶의 용기가 되었던 것입니다. 그들은 지금 넘치는 행복 속에서 잘 살고 있습니다.

내 사랑이 아플 때, 내 사랑이 외로울 때, 내 사랑이 슬퍼할 때 위로하고 감싸주면 참 고맙고 감사하지요. 그런 경험을 한 사람들은 감싸주는 사랑이 얼마나 용기를 주고, 꿈을 주고, 위안을 주는지를 잘 압니다.

위로가 되지 않는 사랑, 힘이 안 되는 사랑, 꿈이 안 되는 사랑, 용기를 주지 못하는 사랑이라면 지금 당장 그 사랑을 떼어버리십시오. 그건 사랑이 아닙니다.

사랑의 가치는 위안이 되고, 용기가 되고, 힘이 되어줌으로써 행복한 삶을 살게 하는 것입니다.

저 너머 초원에,
저 너머 초원에
찬바람이 그대에게 불어온다면
나 그대를 감싸리라,
나 그대를 감싸주리라.

스코틀랜드 시인 로버트 번즈의 시 〈찬바람이 그대에게 불어온다면〉의 시구처럼, 사랑하는 이에게 삶에 찬바람이 불어온다면 온 몸으로 감싸줄 수 있어야 합니다. 그게 진정한 사랑이니까요.

당신이 힘들고 어려울 때 감싸주는 사랑이라면 그 사랑은 믿어도 좋습니다. 그러나 그렇지 않다면 그 사랑은 가식과 허위로 가득 찬 사랑입니다.

|로버트 번즈(1759~1796)|

· 스코틀랜드 시인. 18세기 낭만파 선구시인.
· 주요작품: 〈스코틀랜드 가곡집〉, 〈샨터의 탬〉 등.

완전한 사랑 〰️◀️

당신은 완전한 사랑이란 어떤 것이라고 생각하나요? 또 그런 사랑이 과연 존재한다고 생각하나요?

완전이란 말은 하기는 쉬워도 그 말대로 실행하는 것은 매우 힘듭니다. 그래서 실제로는 불가능하다고 여길지 모릅니다. 그러나 그렇지 않습니다.

완전한 사랑은 단지 죽음을 함께 공유하는 것이 아닙니다. 사랑하는 이를 위해 최대한 자신을 맞춰준다면, 그래서 행복하다면 그것만으로도 완전한 사랑이라고 할 수 있습니다.

그런데 나를 상대방에 맞춰준다는 것은 참으로 어려운 일입니다. 그것은 때론 자기를 버리기도 해야 하는 일입니다. 또 자기를 잊는 일이기도 합니다. 그래서 완전한 사랑을 한다는 것은 어렵고도 힘든 일입니다.

하지만 인생을 아름답게 살고 싶다면 그렇게 해야 합니다. 그런 노력 없이 최고의 사랑, 완전한 행복을 이룰 수는 결코 없습니다. 노력이 따르지 않는 사랑은 진실이 아니니까요.

우린 한쪽만으로는 완전하지 못하고
인간이기 때문에 가질 수밖에 없는
허점들을 소유하고 있어요.
잡고 있는 손에 힘을 주어 봐요.

브라운의 시 〈그런 만남을 소망하며〉의 일부인데 '우린 한쪽만으로는 완전하지 못하다'는 시구에 대해 당신은 공감하는지요?

아마 대개는 공감을 하리라 믿습니다.

최선을 다하는 사랑은 그래서 아름답고 멋진 것입니다.

|브라운(1605~1682)|

· 영국의 작가.
· 주요작품: 〈키루스의 정원〉외 다수.

만일 당신이 바라신다면

　두 남녀가 만나 사랑을 하게 되었습니다. 그런데 여자는 가난한데 남자는 부자였습니다. 둘 사이에서 빈부의 격차는 아무런 문제가 되지 않았습니다. 그런데 남자의 부모는 그렇지 않았습니다. 가난한 며느리는 절대로 받아줄 수 없다는 거였습니다. 남자는 부모를 설득하고 설득했지만 끝내 성공하지 못했습니다.

　여자를 너무도 사랑했던 남자는 병이 들었습니다. 이를 안 여자가 남자 부모를 찾아가 무릎을 꿇고 눈물로써 호소했습니다. 부모님이 조금도 후회하지 않을 만큼 당신의 아들을 사랑하겠다고 말했습니다. 그러나 남자의 부모는 강경했고, 여자는 계속해서 자신의 사랑을 믿어달라며 애원하였습니다. 허지만 허사였습니다. 그러자 남자의 병은 점점 더 깊어졌습니다. 상황이 그리되자 남자의 부모는 이러다간 하나뿐인 아들 죽이겠다고 생각하여 여자를 받아들이기로 했습니다. 당연히 남자는 언제 그랬냐는 듯이 병으로부터 해방되었지요. 그 후 그들은 결혼을 해서 잘 살고 있습니다.

"재산이나 지위는 사랑에 비하면 쓰레기와 같다."

글래드 스톤의 말입니다. 사랑이 없는 사람은 재산이 아무리 많아도, 지위가 아무리 높아도 불완전한 삶입니다. 돈이나 지위만으로는 진정한 사랑을 살 수 없습니다. 돈을 보고, 지위를 보고, 오는 사랑은 사랑이 아닙니다. 진정한 사랑은 오직 사랑만을 위한 사랑이어야 합니다. 재산도, 지위도, 사랑 앞에서는 냄새나는 쓰레기에 불과한 것입니다.

만일 당신이 바라신다면
난 당신께 드리겠어요.
아침을,
나의 명랑한 아침을.

또한 조그만 나의 손
그리고
당신의 마음 가까이
놔두지 않으면 안 될
나의 마음을.

G. 아폴리네르는 〈만일 당신이 바라신다면〉 시에서 자신의 아침을, 자신

의 마음을, 사랑하는 이에게 주겠노라고 고백합니다.

　하루를 시작하는 아침을 준다는 것은 자신의 삶을 내어준다는 의미입니다. 그리고 마음을 준다는 것은 자신의 영혼을 준다는 의미입니다.

　가난한 여자와 부자인 남자가 하나의 사랑이 될 수 있었던 것은 오직 진정한 사랑을 원했기 때문입니다.

　자신의 모든 것을 줄 수 있는 사랑, 이런 사랑이 필요한 시절입니다.

|G. 아폴리네르(1880~1918)|

· 프랑스 시인.
· 주요작품: 〈알코올〉, 〈칼리그람〉 등.

끝이 없는 사랑

지금까지 나는 그대를 너무도 사랑했습니다.
그래도 내일 아침이 밝으면
그대를 향한 내 사랑은 계속 자랄 것입니다.
더욱 찬란하게,
더욱 강하게,
더욱 깊게.

사랑을 찾아 일본에서 우리나라로 온 여성이 있습니다. 그녀는 한국남자를 너무도 사랑했기에 모든 것을 버리고 한국으로 온 것입니다. 그들은 결혼해서 아들딸을 낳아 잘 살아가던 중 불행한 일을 당했습니다. 남자가 심한 열병을 앓아 그만 앞을 볼 수 없게 된 것입니다. 하지만 그녀의 남편에 대한 사랑은 조금도 변하지 않았습니다. 오히려 더욱 깊어졌습니다. 남자를 대신해 농장일을 하고, 남편을 수발하는 틈틈이 아이들을 가르치고, 시부모를 극진히 모셨습니다. 이런 그녀의 헌신적인 삶이 알려지면서 그녀는 농협중앙회에서 시행하는 효부 대상을 받았습니다. 그녀는 지금도 변함없이 헌신적인 사랑을 펼치며 열심히 살고 있습니다.

요즈음 사랑의 두께가 엷어지고 있다고 우려하는 목소리가 많아지고 있습니다. 사람들의 사고방식에 무게가 없고, 한번 결정된 일을 쉽게 번복하는 세태가 되다보니 지고지순해야 할 사랑마저 그리된다는 것입니다.

끝이 없는 사랑을 원하는 것은 누구나 바라는 소망일 겁니다. 영원불멸의 사랑을 꿈꾸는 것은 인지상정이니까요.

끝이 없는 사랑은 아무나 할 수 없지만 반대로 아무나 할 수 있는 사랑이기도 합니다. 즉 어떻게 사랑을 하느냐가 문제라는 것입니다.

이에 대해 뒤파유는 이렇게 말했습니다.

"진정한 사랑의 불가결한 조건은 희생적인 헌신, 연인의 행복을 내 것인양 추구하는 것이다."

그렇습니다. 희생적인 헌신만 할 수 있다면 위에서 말한 일본인 아내처럼 끝이 없는 사랑의 주인공이 될 수 있습니다.

로런드 R. 호스킨스 주니어는 이런 깨우침을 얻었기에 자신의 시 〈우리 사랑에는 끝이 없습니다〉에서 '그대 향한 내 사랑은 계속 자랄 것입니다.'라고 말할 수 있었습니다. 사랑의 깨우침이 없다면 이런 사랑의 시는 쓸 수가

없답니다.

　당신이 사랑하는 이의 사랑이 계속 자라나길 바랍니다.

다시 태어나도 그대를 사랑하겠습니다

"다시 태어나도 지금의 사랑을 선택하겠습니까?"

라고 물으면 많은 사람들은 아니라고 말합니다. 한번 살아봤기 때문에 다른 사람하고 살고 싶다는 거지요. 충분히 이해가 가고 남을 대답입니다. 세상에는 무궁무진하게 사람들이 넘쳐나는데 무엇 때문에 살았던 사람하고 또다시 살고 싶겠는지요.

그런데 어떤 사람은 굳이 다시 살겠다고 말합니다. 얼마나 그 사람이 좋았으면 그런 말을 할 수 있는지, 그저 내 자신이 못나 보이기까지 합니다. 하지만 그렇다고 해서 자격지심을 가질 필요는 없습니다. 사랑을 하는 건 자신의 선택이니까요.

다시 태어나도
그대를 사랑하고 싶은 것은

이제 내가 그대를 위해
울어 줄 차례이기 때문입니다.

이 시 〈다시 태어나도 그대를 사랑하겠습니다〉를 쓴 J. 포스터는 다시 태어나도 그대를 사랑하고 싶다고 말하며, 그 이유를 자신이 울어줄 차례라는 겁니다. 여기서 울어 줄 차례란 이 생애에서 사랑하는 이로부터 자신이 많은 걸 받았기 때문에 다음 생애에는 자신이 사랑을 아낌없이 바치겠다는 의미이지요. 그러고 보면 J. 포스터는 많은 사랑을 받았다는 걸 알 수 있습니다.

제대로 하는 사랑, 그 사랑이 당신을 진실로 복된 삶으로 인도할 것입니다.

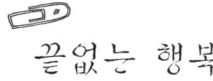

끝없는 행복

사랑에는 유효기간이 없습니다. 언제나 처음이고, 지금이고, 미래입니다. 그리고 사랑은 싱싱한 인생의 열매입니다. 그래서 늘 달콤하고 매혹적입니다. 어디 그 뿐인가요. 그렇게 맛있는 사랑의 열매를 먹으니 사랑하는 이들은 늘 청춘이고 매력적입니다. 이는 사랑하는 마음속엔 사람을 행복하게 하는 '기쁨의 효소'가 들어있기 때문입니다.

기쁨의 효소!

처음 듣는 말이지요? 물론 그럴 겁니다. 이 글을 쓰면서 내가 만든 말이니까요. 인생이 기뻐야 삶은 행복합니다. 기쁘지 않은 인생은 늘 안개낀 도시처럼 칙칙하지요. 그 누구든 칙칙한 사랑을 원하지 않을 겁니다. 밝고 맑고 산뜻한 사랑을 원할 겁니다. 그런 사랑은 생각하는 것만으로도 기분을 풋풋하게 만듭니다. 이처럼 귀중한 사랑이기에 사랑은 유통기한이 없이 영원한 것입니다.

그래서 우리의 역사 속에 숨겨져 있는 아사달과 아사녀의 이야기나, 평강공주와 온달 장군, 신라시대 박재상과 그의 아내 이야기는 시공을 초월하여 지금도 우리를 감동에 젖게 하는 것입니다. 아름다운 사랑을 하며 산다는 것은 참 행복한 일입니다.

> 우리 두 사람처럼 사랑하고
> 절대적인 믿음을 함께 나눌 때
> 그곳엔 오직
> 끝없는 행복만이 존재할 거예요.

캔 루이스는 시 〈우리는 서로의 그림자예요〉에서 '그 곳엔 오직 끝없는 행복만이 존재할 거예요.'라고 말합니다. 여기서 그곳이란 어떤 특정 장소일 수도 있으나 '끝없는 행복'이란 시어를 보면 시공을 초월하는 영원한 공간, 즉 영원한 사랑을 의미하는 것이겠지요.

죽어서도 함께 하는 사랑, 그것이 진정한 사랑입니다.

매일 그대가 그립습니다

나는 매일 그대가 그립습니다.
그대를 사랑하며, 그대를 생각합니다.
날마다
매시간마다
그리고 매순간마다.

지독한 사랑에 한번 빠지면 매순간마다 사랑하는 이가 생각납니다. 공부를 하다가도, 밥을 먹다가도, 직장에서 일을 하다가도 사랑하는 이의 얼굴이 보름달처럼 자꾸만 떠올라 숨이 막힐 것만 같지요. 나도 그런 경험이 있어서 너무도 그 감정을 잘 안답니다.

사랑은 무엇이기에 이토록 마음이 온통 사랑하는 이에게 향할까요. 그토록 숨 막히게 할까요.

그 해답은 이렇습니다.

사랑은 이 세상의 모든 것이기 때문입니다. 사랑하는 그 사람이 이 세상의 전부이기 때문입니다.

당신은 이 세상의 모든 것
내 안에 당신이 찾아온 후
당신은 내 삶의
의미가 되었습니다

나의 꿈과 행복
나의 모든 것들은
당신을 향해 열려 있고
내 일상의 자리마다
당신은 늘 중심이었습니다.

그 어느 순간에도 당신은
내 마음에서 한번도 떠난 적이 없고
나 또한 내 안에서
당신을 잊어 본 적이 없습니다.

당신이 나와 함께 한 매 순간은
내게 너무도 소중하였습니다.

내가 살아가는 동안
난 당신의 사랑 안에서
나의 보람된 세월을 위해
우리의 빛나는 이상을 위해
모든 것을 참으며
모든 것을 믿으며
모든 것을 다 바쳐
나아갈 것입니다.

당신은 이 세상의 모든 것.
그 어느 순간이랄지라도
내가 살아가야 할
빛나는 소망입니다.

이는 나의 〈당신은 이 세상의 모든 것〉이라는 시입니다. 나는 사랑하는 이
는 이 세상의 모든 것이라고 생각합니다. 사랑하는 이가 있어 내 인생이 넘
치도록 행복하고 아름다우니까요.

　　처음 시작 부분의 글은 다나 M. 블리스톤의 시 〈내 마음 속의 그대〉의 이
시구인데, 이 시구에서도 사랑하는 이의 간절한 사랑이 잘 나타나 있습니다.
다나 M. 블리스톤의 표현대로 매순간 매일 그리운 것이 사랑하는 사람입니
다. 당신은 이런 숭고한 사랑의 주인공이 되십시오.

한 송이의 꽃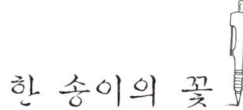

사람들은 꽃을 좋아합니다. 아무리 목석같은 남자도 꽃을 보면 마음이 순수하게 맑아집니다. 꽃이 이처럼 사람들에게 사랑 받는 것은 조건 없이 자신의 향기를 주기 때문입니다.

사랑하는 사람은 한 송이의 꽃과 같습니다. 꽃이 향기를 주고 웃음을 주듯 사랑하는 사람은 기쁨을 주고, 행복을 주고, 용기를 주고, 힘을 줍니다. 그래서 사랑을 하면 없던 자신감도 생겨나고, 당당한 마음으로 매사를 대하게 됩니다. 이것이 사랑의 힘입니다.

하나님이 그대를
언제나 이대로
맑고 귀엽도록 지켜주시길
그대의 머리 위에 두 손을 얹고

나는 빌고만 싶어진답니다.

　하인리히 하이네는 시 〈그대는 한 송이 꽃과 같이〉를 통해 '하나님이 그대를 언제나 이대로 맑고 귀엽도록 지켜주시길 그대의 머리 위에 두 손을 얹고 빌고 싶어진다.'고 고백합니다.

　꽃에 물을 주고 아끼고 보살피면 더욱 싱싱하게 자라듯이 연인도 사랑을 받으면 받을수록 더욱 기쁨을 주고, 사랑을 주는 것이니 사랑하는 이를 더욱 아끼고 사랑하십시오. 그것이 오래 가는 사랑의 비결이랍니다.

|하인리히 하이네(1797~1856)|

· 독일 시인.
· 주요작품: 〈노래의 책〉, 〈하르쯔 기행〉 등.

사랑으로 하나 되는 길

　　보는 시험마다 번번이 떨어지자 깊은 시름에 빠져 지내는 젊은이가 있었습니다. 그는 의욕을 완전 상실한 사람처럼 그 어느 것에도 마음을 주지 않았습니다. 하루는 보다 못한 그의 친구가 싫다는 그를 억지로 이끌고 교회로 갔습니다. 청년들이 함께하는 자리였습니다. 또래의 청춘남녀들이 밝은 표정으로 이야기하고 노래하는 모습을 보며 그는 생각했습니다. 이들은 대체 무엇이 그리도 즐겁고 유쾌할까, 하고 말입니다.

　　모임이 끝나고 차를 마시는데 한 여자가 다가왔습니다. 그녀는 이것저것 말을 걸며 그에게 관심을 보여주었습니다. 친절한 그녀의 행동이 꽉 막힌 그의 마음속에 새 기운을 불어넣었습니다.

　　집으로 돌아온 그는 실로 오랜만에 단잠에 빠져들었습니다. 그후부터 그녀를 보러 갔습니다. 그러는 가운데 그의 마음속엔 희망의 빛이 비치기 시작했습니다. 그것은 그녀와 친구가 되는 것이었습니다. 그의 얼굴엔 생기가 돌기 시작하며 머리도 단정히 깎고 옷도 깔끔하게 차려 입었습니다. 그의 변화에 누구보다 기뻤던 것은 그의 어머니였습니다.

그는 마음을 다잡고 다시 공부에 몰입하였습니다. 그녀와 친구가 되려면 당당한 모습을 보여줄 필요가 있다고 생각한 것입니다. 그의 집중력은 참으로 놀라웠습니다. 그는 이듬해 7급 공무원시험에 당당히 합격하였습니다. 그는 그녀와 만난자리에서 그동안 있었던 일을 숨김없이 다 말했습니다. 그녀는 크게 감동하였습니다. 자신과 친구가 되기 위해 우울증을 털어버리고 경쟁률이 심한 공무원시험에 합격했다는 게 너무도 대단하게 생각되었던 것입니다. 그녀는 그를 남자친구로 기꺼이 받아들였습니다. 그 후 그들은 사랑하는 연인이 되었고, 결혼을 하여 잘 살고 있습니다.

혼자였던 사람이 둘이 되어 하나가 되면 더 행복하고 즐거운 삶을 살게 되는 것은 서로의 인생을 나누어지고, 생각을 공유하고, 마음을 하나로 끌어 모으기 때문입니다.

혼자였을 땐 힘에 부쳐 못하는 일도 둘이 하나가 되면 무리 없이 해내고, 혼자였을 땐 가슴이 뻥 뚫린 것처럼 허전하던 마음도 충만한 기쁨으로 가득 차게 됩니다. 어디 그뿐인가요. 세상을 다 가진 듯, 자신만이 이 세상에 존재하는 것처럼 한없는 행복감에 젖게 되지요.

사랑하는 사람이여
그대와 내가

사랑으로 하나 되는 길은
영원히 함께
하나의 꿈을 간직해 가는 것입니다.

　J. 포스의 이 시 〈사랑으로 하나 되는 길〉은 둘이 만나 하나가 되는 것에 대해 잘 알게 해줍니다.

　우울증에 빠져 지내던 남자가 한 여자를 만나자 현실을 극복하고 마침내 하나가 된 것은 아름다운 사랑의 힘이었습니다.

　지금 이 순간 당신의 사랑을 점검해 보십시오. 만약 사랑하는 사람과 하나의 미래로 나아가고 있지 않다면 바로 궤도를 수정하십시오. 그리고 약속하십시오. 하나의 꿈을 위해 최선을 다하자고. 그것이 사랑의 지혜입니다.

|J. 포스(1751~1826)|

· 독일 시인.
· 주요작품: 〈루이제〉, 〈오디세이아〉외 다수.

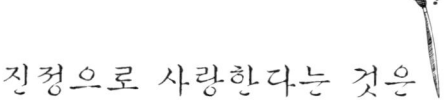

진정으로 사랑한다는 것은

    당신은 어떤 경우에도 지금의 사랑을 유지해 나갈 수 있는 의지를 가졌는지요? 그렇다면 당신은 진정으로 사랑을 하고 있는 것입니다.

    그런데 어떤 불행한 난관에 처했을 때 변하는 사랑이라면 그건 허울뿐인 사랑이어서 진정성이 없습니다. 그런 사랑이라면 지금 당장 그만두는 것이 좋습니다. 미래를 보장할 수 없는 사랑은 불행으로 끝나기 쉬우니까요.

사랑의 가능성이 모두 사라져간다 할지라도
그대 가슴속에 남겨진 그 사랑을 간직하면서
사랑하는 마음을 버리지 않는 것이
진정으로 사랑하는 것입니다.

　M. 실러의 시 〈진정으로 사랑한다는 것은〉의 이 사랑론은 매우 타당하다고 봅니다. 왜냐하면 사랑의 가능성이 모두 사라져 가더라도 사랑하는 마음을 버리지 않고 간직하는 것이 곧 진정한 사랑을 의미하는 것이라고 말하고 있으니까요.

　생각해보십시오. 사랑의 가능성이 사라지는데 어떻게 사랑의 감정을 간직할 수 있겠는지요. 이는 곧 사랑은 인내며 견디는 거라는 걸 의미하는 것입니다. 어떤 상황에서도 참고 견디고 이겨내는 사랑, 그것이 진정한 사랑이라는 걸 잊지 마십시오. 그렇게만 할 수 있다면 당신은 진정한 사랑의 승리자가 될 것입니다.

사랑은 그대와 함께 하는 여행입니다

그대와의 사랑은
반드시 한번은 가야하는 여행과도 같은 것,
그대는 내 마음에 시를 심고
나는 그대를 꽃피우는 시인이 됩니다.

인생은 앞이 보이지 않는 머나먼 한 곳을 향해 끝없는 여행을 하는 것입니다. 그리고 여행은 혼자 하는 것보다 함께 하는 사람이 있으면 더 재밌고 유익할 수 있습니다. 또 어려운 일을 만나면 함께 해결할 수도 있습니다.

W. 코웰은 이에 대해 그의 시 〈사랑은 그대와 함께 하는 여행입니다〉에서 '그대와의 사랑은 반드시 한번은 가야 하는 여행과도 같은 것'이라고 말합니다. 나 역시 그의 말에 동의합니다.

둘이 함께 있던 사람이 어느 순간 혼자가 되면 심한 공포를 느낀다고 하

는데, 그것은 함께 하지 못하는 데서 오는 외로움이며 그리움 때문입니다. 혹시 지금 이 순간 사랑하는 이와 어떤 일로 멀어져 있거나 이별을 생각한다면 다시 한번 생각해보십시오. 과연 내가 혼자서도 이 길을 잘 헤쳐 나갈 수 있는지를. 그래서 자신이 없다면 당신이 먼저 손을 내 미십시오. 사랑은 지는 것이 이기는 것입니다.

사랑은 〰〰🔌

    아주 오래 전 들은 이야기입니다. 연인 두 사람이 피서를 떠났습니다. 규칙적인 직장생활에서 놓여난 그들은 마음껏 자유로움을 즐겼습니다. 더욱이 연인과 함께였으니 그 기쁨이야 더 말할 필요가 없겠지요.

    물가에 파라솔을 치고 발을 담근 채 시원한 맥주를 마시며 마냥 깔깔거렸습니다. 그러다 둘은 물로 들어가서 서로에게 물을 뿌려대며 어린아이들처럼 즐거워했습니다. 그런데 문제가 생겼습니다. 남자가 화장실을 간 잠깐 사이에 그만 여자가 미끄러져 깊이가 사람의 두 길이나 되는 물에 빠진 것입니다. 여자는 살려달라고 소리쳤고, 뒤늦게야 그 모습을 본 남자가 즉시 물로 뛰어들었습니다.

    "조금만 버텨. 내가 곧 갈게."

    남자는 여자를 안심시키기 위해 소리치며 다가갔습니다. 남자는 수영을 잘 하는 편이 아니었지만 사랑하는 여자를 위해 있는 힘을 다했습니다. 천신만고 끝에 간신히 여자를 위험지역으로부터 벗어나게 했지만, 안타깝게도 그만 기력을 다한 남자는 물속으로 가라앉고 말았습니다. 사람들이 달려와 그를 구조했지만 이미 그는 싸늘하게 식어 있었습니다.

사랑하는 여자를 위해 하나뿐인 자신의 목숨을 아낌없이 바친 남자의 숭고한 사랑 앞에 여자는 넋을 잃고 울고 또 울었습니다.

"사랑은 아낌없이 주는 것이다."라고 톨스토이는 말했습니다. 그리고 로버트 스티븐슨은 "사랑을 베푼다는 것은 이 세상을 아름다운 꽃밭으로 만드는 것이다."라고 말했습니다.

그렇습니다.

톨스토이의 말처럼 내 사랑을 아낌없이 준다면 어떤 사람도 감복하게 될 것입니다. 또 로버트 스티븐슨의 말처럼 사랑은 세상을 아름다운 꽃밭으로 만들어 모두가 즐겁고 행복해지게 하는 것입니다.

사랑은
누군가를 향해 나를 버림으로써
보이지 않던 나를 발견하는 것이다.

D. 리다는 〈사랑은〉이란 시에서 사랑의 정의를 나를 버리는 것이라고 말합니다.

　그렇다면 사랑하는 여자를 위해 자신의 목숨을 아낌없이 던진 남자의 사랑은 그 어떤 말로도 다 설명할 수 없는 감동이 아닐 수 없습니다. 지금 나는 그 이야기를 생각하며 사랑의 위대한 가치에 대해 생각합니다. 사랑은 자신을 희생할 각오가 되어있을 때 더욱 가치가 있습니다.

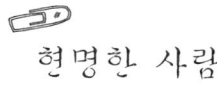

현명한 사람

현명한 사람은 큰 불행도 작게 처리합니다.
그러나 어리석은 사람은 조그만 불행을 확대해서
스스로 큰 고민에 빠집니다.

R. 로시푸코의 지적입니다.

현명한 사람은 생각이 유연하고, 그 폭이 넓습니다. 그래서 현명한 사람과 함께하면 지혜로운 눈을 가질 수 있게 됩니다.

"사랑은 봄에 피는 꽃과 같아서 희망과 훈훈한 향기를 품게 한다."

소설 '보바리 부인'으로 유명한 프랑스의 소설가 구스타브 플로베르가 한 말입니다. 이 말의 핵심은 '사랑의 가치와 정의'입니다. 그는 사랑은 희망을 주는 것이며 메마른 순간에도 향기를 주는 것이라고 말합니다.

나는 이 말에 전적으로 동의합니다.

플로베르의 말은 한 마디로 사랑에 대한 본질이기 때문입니다.

|R. 로시푸코(1613~1680)|

· 프랑스 고전작가.

· 주요작품: 〈회고록〉, 〈잠언집〉, 〈성찰〉외 다수.

사랑은 모든 것을
대신할 수 있는 놀라운 선물

-M. 켄달

사랑은
우리가 서로에게 줄 수 있는
가장 위대한 것입니다.
왜냐하면 그 무엇도 사랑을 대신할 수 없지만
사랑은 다른 모든 것을 대신해 줄 수 있는
놀라운 선물이기 때문입니다.

|제5부|

내
마음속엔
오직
그대밖에
없습니다

그대가 있어 외롭지 않습니다

　사랑하는 남자가 외국으로 유학을 가고나자 여자는 그의 존재가 참 크다는 것을 알게 되었습니다. 함께 할 땐 몰랐었는데 눈앞에 그가 없어지자 무인고도에 혼자 나앉은 것처럼 외로움에 쩔쩔매며 눈물지었습니다. 그러면서 그동안 그에게 못나게 굴며 마음 아프게 했던 생각만 났습니다. 그녀는 결심을 했습니다. 그가 공부를 마치고 돌아오면 정말 잘 대해주어야겠다고 말입니다. 그리고 과연 2년의 유학을 마치고 남자가 돌아왔을 때 그녀는 한층 깊어진 사랑으로 그를 맞아주었습니다. 그들의 사랑은 예전보다 더 깊어지고, 서로의 존재에 대해 감사하게 되었습니다.

　깊은 외로움이 그녀의 사랑을 더욱 빛나게 해준 것입니다.

　사랑하는 사람과 잠시라도 떨어져 본 적이 있는 사람은 알 겁니다. 함께 하지 못하는 순간이 얼마나 고통스러운가를.

　사랑하는 사람과 함께 할 수 없다는 것은 자신을 잊을 만큼 괴롭고 마음이 저립니다. 그래서 이런 경험이 있는 사람은 사랑이 얼마나 소중한 것인가를 잘 압니다. 그러기에 사랑을 잃거나 사랑이 떠나가는 것을 극도로 경계하고 조심스러워 합니다.

내 마음속에 있는 사랑스런 그대는
언제나 내가 당신을 필요로 할 때마다
아무 말도 하지 않고 나에게 다가옵니다.
그대가 있기에 나는
외롭지 않습니다.

다이안 웨스트레이크의 시 〈그대가 있어 외롭지 않습니다〉의 한 구절입니다. 이 시구에서 보듯 사랑하는 사람은 필요로 할 땐 언제 어디서나 달려와 나에게 도움을 주고, 나를 위해 헌신하지요. 이것이 진실로 사랑하는 사람을 위해 행하는 사랑의 징표입니다.

사랑하는 사람이 있어 외롭지 않고 늘 행복한 사람, 그 사람은 정말 복 받은 사람입니다.

싫증나지 않는 사랑

아무리 좋은 보석도 자꾸만 보면 나중에는 처음처럼 멋지게 느껴지지 않습니다. 아무리 좋은 옷도 자주 입으면 좋은 걸 모르게 되고, 아무리 맛있는 음식도 자주 먹으면 물리게 됩니다. 아무리 재미난 영화도 반복해서 보면 재미가 없답니다.

그러나 사랑하는 사람은 그렇지 않습니다. 보면 볼수록 자꾸만 보고 싶고, 안 보면 더욱 보고 싶습니다. 변하지 않고 늘 같은 사랑을 느끼게 하는 사람, 사랑하는 사람은 바로 그런 사람입니다.

만일 그 사람과 함께하는 것이 싫증이 날 땐 사랑이 식었다는 증거입니다. 이럴 땐 자신의 마음을 변화시켜야 합니다. 그걸 알고도 가만히 있다 보면 그 사랑은 반드시 깨지고 맙니다.

새로 산 드레스도

새로 나온 초콜릿도
며칠만 지나면 곧 싫증나는데
당신은 아직 한 번도
싫증난 적이 없습니다.
오래 숙성된 포도주나 그레이프 디저트도
매일 먹으면 물리는데
당신은 매일매일 같이 있고 싶습니다.

버지니아 울프는 시 〈이런 사랑〉에서 사랑의 소성에 대해서 이렇게 말합
니다. 이런 사랑 어디 없나요? 하고 찾는 사람도 있을 겁니다. 그러나 이런
사랑은 거리에서 줍는 것이 아니라 자신이 만드는 것입니다. 자신의 입맛에
맞는 음식은 자기 스스로 요리해야 확실한 것처럼, 사랑도 자신이 만들어야
오래 유지되는 것입니다.

|버지니아 울프(1882~1941)|

· 영국의 소설가.
· 주요작품: 〈출항〉, 〈댈러웨이 부인〉, 〈파도〉 외 다수.

나의 모두를 그대에게

내가 가진 지식, 돈, 명예, 보석 아니 그 모두를 사랑하는 이에게 줄 수 있는 사람은 진정으로 사랑을 하는 사람입니다. 그것이 아깝다는 생각이 들면 그것은 사랑이 아닙니다.

사랑보다 더 좋은 것은 없다, 라고 말할 수 있는 사람이 진정한 사랑의 주인공이 될 수 있습니다.

"이 세상에서 참다운 행복은 남에게서 받는 것이 아니라 내가 남에게 주는 것이다. 그것이 물질적인 것이든 정신적인 것이든 인간에게 있어서 가장 아름다운 행동이기 때문이다."

아나톨 프랑스 말입니다.

이 말은 베푸는 사랑을 말합니다. 사실 누군가를 위해 땀 흘리며 일하고 났을 때의 기분은 매우 상쾌하고 오래갑니다. 그것은 나의 사랑을 주었기 때문입니다. 주는 것은 복되고, 행복한 것입니다.

나의 인생과
내의 모든 행복을 그대에게 드립니다.

우리가 함께할 인생과
내가 줄 수 있는 모든 사랑을 그대에게 드립니다.

이는 리처드 W. 웨버의 시 〈내 마음과 영혼을 그대에게〉의 시구인데, 매우 깊은 의미가 있습니다. 나의 모두를 준다는 마음으로 사랑을 하기 바랍니다. 그렇게 하면 당신의 연인 또한 자신의 모든 것을 걸고 당신을 사랑할 겁니다. 나의 모두를 줄 수 있는 그런 사랑을 하십시오.

그대는 내게 특별한 사람

그대는 너무나 다정하고 특별한 사람입니다.
그대는 나와 함께 얘기를 나누고, 내 얘기를 들어주고
그대 손길의 따스함과 그대 가슴속의 소망을 함께 나누며
내 자신을 '특별한' 사람처럼 느끼게 해 준답니다.
내가 받는 만큼 그대에게 되돌려 주고 싶습니다.

사람은 누구나 특별한 사람이 되기를 원합니다. 인간은 누구나 남보다 나아야 한다는 욕망을 갖고 있기 때문입니다. 이에 대해 20세기 탁월한 정신분석학자 프로이트는 "인간에겐 공통된 소원이 있는데 그것은 위대한 인간이 되려는 욕망이다. Desire to be great."라고 했습니다.

사랑의 관점에서 볼 때도 마찬가지입니다. 누구나 자신이 나누는 사랑이 남보다 낫기를 바랍니다. 그리고 누군가에게 주목 받고 싶은 욕망을 느낍니

다. 사실 나 역시 이런 마음을 가지고 있습니다. 그래서 어떨 땐 속물적 근성을 벗어나지 못한, 어리 숙한 인간에 불과하다는 것을 느끼며 반성합니다.

사랑하는 사람한테 만큼은 특별한 사람이 되어야 합니다. 서로가 서로를 특별한 사람으로 대해주는 사랑이야말로 좋은 사랑입니다.

레인 파슨즈의 시 〈내 마음 속엔 오직 그대밖에 없습니다〉에서처럼 당신도 사랑하는 이에게 '내 마음 속엔 오직 그대밖에 없습니다.'라고 고백할 수 있습니까? 그렇다면 당신은 특별한 사람이 될 자격이 충분합니다.

내가 가장 바라는 소망은

어느 날 커피숍에서 지인을 기다리다 티격태격하는 젊은 연인을 보았습니다. 여자는 자신에 대한 남자의 사랑과 관심이 적은 것에 대해 불만을 토로했고, 남자는 자신은 추호도 소홀하지 않다고 항변을 했습니다. 그 모습이 너무 사랑스러워 보였습니다. 더 많은 사랑과 관심을 바라는 여자와 자신은 최선을 다한다는 남자의 얼굴엔 거짓이라고는 조금도 찾아볼 수 없었습니다. 얼마동안을 티격태격하던 그들은 금방 깔깔대며 웃었습니다. 나도 모르게 웃음이 나왔습니다. 그들의 귀여운 사랑싸움이 흐뭇했기 때문입니다.

잠시 후 그들은 팔짱을 끼고 어디론가로 향했습니다. 유리문을 통해 멀어가는 그들을 모습을 바라보는 내 마음도 훈훈해졌습니다.

연인에게 주는 자신의 사랑이 부족하다고 느끼는 사람은 과연 얼마나 될까요. 어쩌면 이 질문은 공허한 것일지도 모릅니다. 사람들은 대개 자신의 사랑이 최대한으로 충분하다고 여길 테니까요.

상대방이 당신에게 사랑이 부족하다고 한다면 좀 더 많은 사랑을 주기 바랍니다.

내가 가장 바라는 소망은
우리 함께하는 시간이
그대 인생에서 가장 기억될 만한 시간이 되었으면
하는 것이랍니다.
그리고 오늘 내가 그대에게 주는 사랑은
그대가 내게 기대할 수 있는 최소한의 것이랍니다.

대니 얼 하그한은 그의 시 〈내가 가장 바라는 소망은〉에서 이렇게 말합니다. 그렇다면 그의 온전한 사랑은 어떨까요. 그는 이에 대해 이렇게 말합니다.

'우리 함께하는 시간이 그대 인생에서 가장 기억될 만한 시간이 되었으면 하는 것이랍니다.'라고.

우리가 취해야 할 사랑은 확실합니다. 그것은 사랑하는 이가 가장 기억할 만한 사랑을 하는 것입니다.

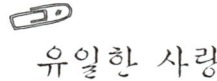

유일한 사랑

당신은
나에게 가장 아름다운 분이고,
내가 고독을 참고 견디게 해주는
유일한 분이십니다.

연인과의 사랑은 서로에게 유일한 사랑이 되어야 합니다. 그래야 서로에게 가치가 있고, 그래서 더욱 행복한 기쁨을 주는 사랑이 됩니다.

그런데 문제는 이런 사랑의 역할에 대해 대부분의 사람들이 잘 알고 있는 것 같지만 실상에 있어서는 그렇지 못하다는 겁니다. 즉 이론과 실제가 너무도 다르다는 것입니다. 이론과 실제가 다른 학문이 환영받지 못하는 것처럼 사랑 또한 마찬가지입니다. 이에 대해 아이 징거는 그의 시 〈당신 때문에〉에서, '당신은 나에게 가장 아름다운 분이고, 내가 고독을 참고 견디게 해주는

유일한 분이십니다.' 라고 말합니다.

그의 표현대로 사랑하는 이에게 이처럼 말하고 행할 수 있다면 그 사랑이
야말로 최상의 사랑이라고 할 수 있습니다.

"나는 당신을 내 인생에서 가장 아름다운 사람이라고 믿습니다. 그래서
당신을 한시도 내 곁에서 떠나보내지 않겠습니다. 당신을 위해서라면 나의
전부를 바치겠습니다."

이렇게 사랑을 고백할 수 있다면 당신은 아이 징거처럼 유일한 사랑의 주
인공이 될 수 있습니다.

사랑은 나의 새로운 세계

스물여섯이 되도록 여자를 한번도 사귀어보지 않은 남자가 있었습니다. 그는 이상하게도 여자를 보고도 어떤 느낌도 갖지 못했습니다. 그렇다고 해서 성적으로 문제가 있는 것도 아니었습니다.

그런데 그의 옆집으로 그와 같은 또래의 여자가 이사를 왔습니다. 그 여자를 처음 본 순간 가슴이 떨렸습니다. 지금까지 경험해 보지 못한 감정이었습니다. 남자는 연신 밖으로 나와 서성거렸습니다. 그녀에게 자신의 존재를 알려주고 싶었던 것입니다.

어느 날 그는 골목에서 여자의 목걸이를 주웠습니다. 남자는 목걸이를 잃은 분은 연락하라는 문구와 전화번호를 써서 골목 담벼락에 붙여놓았습니다.

다음 날 한 여자에게서 전화가 왔습니다. 남자는 여자가 가르쳐준 장소로 나갔습니다. 그리고 여자를 본 순간 깜짝 놀랐습니다. 바로 옆집 여자였습니다. 여자는 그에게 몇 번이고 감사하다며 그날은 급한 일이 있어 다음에 식사를 대접하고 싶으니 연락을 해도 괜찮겠느냐고 물었습니다. 남자는 물론 수락했지요.

남자는 그 날 이후 한시도 그 여자를 잊을 수가 없었습니다. 며칠 후 여자로부터 전화를 받고 남자는 들뜬 마음으로 약속 장소로 갔습니다. 여자는 환하게 웃으며 남자를 반겨주었고, 맛있는 음식을 먹으며 즐거운 시간을 보냈습니다.

그 날 이후 둘은 자주 만났고, 그러는 사이 자연스럽게 연인이 되었습니다. 남자는 그녀를 만난 이후 소극적인 성격에서 적극적으로 변했고, 매사를 긍정적으로 생각하게 되었습니다. 사랑은 그에게 새로운 세계와 인생관을 갖게 했던 겁니다. 남자는 교원 임용고시에 합격하여 교사가 되었고, 그 여자와 결혼을 하였습니다. 이십여 년 전 일이지만 지금도 기억이 생생합니다.

사랑은 지금껏 몰랐던 새로운 세계를 향해 나아가는 것과 같습니다. 마치 콜럼부스나 아문센이 미지의 세계를 개척했듯이 사랑도 지금과는 전혀 다른 세계를 향해 달려가는 탐험과도 같은 것입니다.

"사랑을 함으로써 비로소 인생이 아름다워지고, 내가 살아있다는 것을 알게 되었다."

쾨르너의 말입니다.

사랑을 함으로써 자신이 살아 있다는 것을 알게 됐다는 것은 사랑을 함으로써 새로운 자아를 발견했다는 것을 의미합니다.

사랑이 영원히 계속되는 그곳에서
내게 새로운 세계를 열어 준 그대에게 감사드립니다.

레리 마라스는 시 〈사랑은 나의 새로운 세계〉에서 이를 잘 보여주고 있습니다.

당신은 머무는 사랑을 하지 말고 적극적으로 지금보다는 새로운 사랑의 세계로 나아가는 사랑을 하십시오.

소중한 그대의 미소

사랑을 하면은 예뻐진다는 말이 있습니다. 그래서 호박 같은 사람도 달덩이처럼 바뀌는 것이 사랑이라고 말합니다.

이 말은 사실입니다.

내가 아는 어떤 사람은 매일 무엇이 그리도 불만인지 항상 퉁퉁 부은 얼굴을 하고 있었습니다. 웃는 것은 고사하고 누가 묻는 말에도 퉁명스럽게 굴곤 했습니다. 그런데 어느 날인가부터 확연히 달라졌다는 것을 느낄 수 있었습니다. 퉁퉁 부은 얼굴은 어디로 가고 잔잔한 미소가 배어났고, 툴툴거리며 퉁명스럽던 말투도 부드러워졌습니다. 고개에 장대라도 받쳤는지 뻣뻣하던 목도 야들야들해져 인사도 잘했습니다. 참 이상하다는 생각이 들었습니다. 그런데 알고 보니 사랑하는 사람이 생겼다는 것이었습니다. 사랑이 그녀의 태도를 밝혀 준 것입니다. 사랑의 힘은 참 놀랍다는 걸 다시금 느꼈습니다.

우리가 헤어진 후
지금까지 줄곧
그대의 미소만큼 나를 기쁘게 맞이하는
것은 아무것도 없다는 것을 느끼고 있습니다.

레오나드 니모아는 그의 시 〈그대 미소만큼 소중한 건 없답니다〉에서 이를 잘 말해줍니다. 사랑하는 이의 미소는 기쁨을 주고, 그래서 소중하다는 것을.

당신도 사랑하는 이에게 미소를 지으세요. 그가 기쁨으로 간직할 만큼 환하게 웃으십시오.

사 랑 의 약속 ✏

예전에 책에서 읽었던 이야기입니다. 결혼은 하지 않았지만 사랑하는 남자가 일본의 징용에 끌려갔다 돌아오지 않자 여자는 남자를 기다리며 혼자 살았습니다. 가족들이 재혼을 하라고 성화를 해댔지만 여자는 아랑곳하지 않았습니다.

"내가 돌아 올 때까지 기다려줄래?"

"응. 꼭 돌아와야 해."

"그래. 꼭 돌아올게."

남자가 떠날 때 두 사람은 이렇게 약속을 했었습니다. 여자는 힘겨울 때마다 그 말을 떠올리며 참아냈습니다. 광복이 되었지만 남자는 돌아오지 않았습니다. 그러던 중 6. 25전쟁이 일어나 여자는 피난을 떠났습니다. 전쟁이 끝나고 부산에서 자리를 잡은 여자는 혹시나 하는 마음에 고향으로 찾아가 수소문했지만 남자의 소식은 알 길이 없었습니다.

그리고 10여 년의 세월이 지난 어느 날, 기적 같은 일이 일어났습니다.

여자가 서울에 볼일이 있어 기차를 타러 가던 중 그토록 애타게 기다리던 남자를 부산역 앞에서 만난 것입니다. 남자는 여자를 찾기 위해 부산으로 왔다가 헛걸음을 하고 되돌아가던 길이었습니다.

　　둘은 부둥켜안고 기쁨의 눈물을 흘렸습니다. 남자는 큐슈의 탄광에서 죽을 고비를 숱하게 넘기면서도 오로지 여자를 생각하며 참아냈다고 했습니다. 그리고 귀국을 하여 그녀를 찾았지만 찾을 길이 없어 방황하던 차 우연히 여자가 부산으로 갔다는 말을 듣고 그동안 네 번이나 부산을 다녀갔다고 했습니다.

　　꽃 같던 청춘은 가고 어느새 그들의 나이는 마흔을 향해 가고 있었습니다. 그러나 그것은 문제가 되지 않았습니다. 그들은 늦게나마 간단한 의식 끝에 부부가 되어 행복한 가정을 꾸렸다는 이야기입니다.

　　한 편의 극적인 드라마 같은 얘기에 큰 감동을 받아 오랫동안 기억에서 지워지지 않고 남아있습니다.

　　사랑하는 연인과의 '약속'을 고이 지켜 끝내는 하나의 가정으로 완성시킨 그들의 사랑을 인스턴트 사랑에 길들여져 있는 요즈음의 젊은 세대들은 귀감으로 삼아야 하겠습니다.

그대는 나의 세계가 되었기에
나의 마음이 되었기에
나의 인생이 되었기에

미래는 언제나 우리의 것이라 확신합니다.

재클린 듀마스의 시 〈끝없는 내 사랑을 약속드립니다〉의 일부입니다.

혼자였을 때와 사랑하는 사람이 생겼을 때 갖게 되는 마음은 많은 차이가 있습니다. 첫째는 외로움을 느낄 겨를이 없을 만큼 사랑하는 이를 생각하는 것이고, 둘째는 하루하루가 보랏빛 향기로 가득 넘쳐난다는 것이며, 셋째는 한없이 너그러워지고 부드러워져 매사에 자신감이 넘쳐난다는 것입니다.

앞의 두 남녀가 보여준 사랑은 죽음도 두려워하지 않고, 사랑하는 이를 위해서 그 어떤 어려움도 참고 견디어냈습니다. 이런 적극적인 행동이 사랑하는 이와 함께 새로운 미래를 향해 나아가게 합니다.

앞에 소개한 시에서 시인은 사랑하는 이가 자신에게 마음이 되고, 인생이 되었기에 미래는 언제나 자신들의 것이라고 자신 있게 말합니다.

빅토르 위고는 "인생 최고의 행복은 서로 사랑하고 있다는 확신이다."라고 했습니다. 그렇습니다. 끝없이 사랑하고 끝없이 아껴주는 사랑이야 말로 모두를 행복하게 하는 힘이 될 것입니다.

아름다운 사람에게

사랑은 그냥 생기지 않습니다. 상대방에 대해 강한 끌림이 있어야만 생기는 것이 사랑입니다. 끌림, 끌림이 없는 사랑은 이 세상 어디에도 없습니다. 사랑을 얻고 싶다면 사랑하고 싶은 사람의 마음을 움직이게 하세요. 이는 동서고금을 막론하고 사랑을 얻는 제 일의 법칙입니다.

사람의 마음을 움직이는 하는 것은 여러가지 이유가 있겠지요. 얼굴이 예쁘거나, 마음씨가 곱다거나, 특별한 재주를 가졌거나, 자신만의 매력을 지녔다거나 하는 등.

'연애의 기술'이니 '연애의 법칙'이니 하는 따위의 책들이 서점의 한 자리를 차지하는 것도 사랑을 얻는 방법을 알고 싶어 하는 사람들이 있기 때문입니다. 아무리 선남선녀가 넘쳐난들 마음을 움직이지 못하면 사랑을 얻는 일은 포기해야 합니다. 끌리지 않는 사랑을 요구할 수는 없는 일이니까요.

우리 두 사람이 바로 그때에
서로의 마음을 움직이지 못했더라면
오늘날 나는
어느 한 사람을 사랑하지 못했을 겁니다.
그 사람은 단순히 어느 누군가가 아닌
아주 아름다운 사람이랍니다.

제니스 램의 〈아름다운 사람에게〉라는 시는 사랑의 끌림에 대한 명쾌한 정의라고 생각해도 좋을 듯합니다. 끌리는 사랑, 그런 사랑을 하십시오. 사랑은 끌림에서 오고, 끌림으로 하나가 되는 것입니다.

그대를 만난 건 가장 좋은 일입니다

그대를 나의 삶 속에서 결코 내보내고 싶지 않습니다.
그대를 만나게 된 것이 이제까지 내게 일어난 일 가운데
가장 좋은 일이기 때문이니까요.

에드워드 오브리니스의 시 〈그대 안에서 살기를 원합니다〉의 시구입니다.
시인은 '그대를 만나게 된 것이 이제까지 내게 일어난 일 가운데 가장 좋은
일'이라고 고백합니다. 그래서 자신의 삶 밖으로 그대의 사랑을 내 보내고 싶
지 않다고 말합니다.

이 시에서처럼 깊은 사랑을 하면 언제나 그 사랑 안에서 살기를 원하고,
그 사랑으로 삶을 만끽하고 싶어 합니다.

내가 아는 어떤 작가의 이야기입니다. 헤어지면 죽을 만큼 한 여자를 사

랑했던 그는 그 여자와 인생을 끝까지 함께 하리라 다짐했습니다. 그러나 운
명의 여신은 잔인해서 여자를 죽음으로 내몰았습니다. 그후 남자는 30년 동
안이나 독신으로 지내며 뜨거운 눈물로 그 여자를 그리워했습니다.

그는 책을 읽고, 글을 쓰며 인고의 세월을 보냈습니다. 그러다가 그는 육
십 줄에 들어서야 새로운 사람을 만났습니다. 그는 지금 지난 날 고통스러웠
던 사랑의 기억을 삭이며 살고 있습니다.

나는 그 긴 세월을 사랑하는 여자를 잊지 못했던 그의 순정한 마음에 마
음이 저렸습니다. 그가 남은 세월을 잘 살았으면 좋겠습니다.

내 안에 살고 있는 그대에게

그대는 태양보다 더 먼저
내 마음속에 떠오른 존재입니다.
그리고 태양보다 더 오랫동안
내 마음속에 머무를 존재입니다.

내 목숨을 다 주어도
세상을 밝히는 저 태양과도
그대를 바꿀 수는 없습니다.
그대는 내 안에 살고 있는 사랑입니다.

　J. 피터의 시 〈내 안에 살고 있는 그대에게〉의 일부입니다. 사랑이 얼마나
대단하고 소중한 것인지를 알게 하기에 조금도 부족함이 없습니다. 이런 사

랑을 받는 사람은 얼마나 행복할까요. 그리고 이런 사랑을 하는 사람 또한
얼마나 행복할까요.

　나는 이 시를 읽으며 나도 다시 한번 뜨거운 사랑을 하고 싶다는 마음이
들었습니다. 과거에 내가 했던 사랑보다 더 강렬하고 열정 가득한 사랑, 하
루를 살다 죽어도 후회를 남기지 않는 사랑을 해보고 싶었습니다.

가까이 있을 땐 너무 가까이 있는 까닭에
이것이 그리움인 줄 몰랐습니다.
늘 그 사랑이 내 곁에 있다고 믿었기에
호흡을 느끼며 속삭일 땐 늘 그러했으므로
이것이 사랑인 줄 몰랐습니다.
늘 그 사랑이 나와 함께 한다는 생각으로
캄캄한 밤하늘 아래 마주 앉아서 별을 헤며
도란도란 시간 가는 줄 몰랐을 때에도
언제나 그러했기에 이것이 숙명인 줄 몰랐습니다.
늘 그 사랑이 내 주변에 있다고 믿었기에
잠자는 그 시간의 흐름 속에서도
밤마다 꿈길에서 그 사랑을 만날 수 있었기에
이것이 현실인 줄 몰랐습니다.
늘 그 사랑이 내 곁에 있다고 믿었기에

가까이 있을땐 너무 가까이 있는 까닭에
호흡을 느끼고 속삭일 땐 늘 그러했으므로
캄캄한 밤 별을 헤며 시간 가는 줄 몰랐을 때에도
언제나 그러했기에 이것이 외로움인 줄 몰랐습니다.

〈가까이 있을 땐〉이란 나의 시입니다.

사랑하는 이가 가까이 있을 땐 그 사람의 소중함을 잘 모릅니다. 그러다가 그 사람이 떠난 뒤 그때서야 그리워하고 후회하며 눈물을 짓습니다. 이처럼 어리석은 존재가 인간입니다.

후회를 남기지 않는 사랑을 하고 싶다면 J. 피터의 시 〈내 안에 살고 있는 그대에게〉서와 같이 목숨을 바쳐서라도 당신의 사랑을 지키기 바랍니다.

나무

시는 나처럼 어리석은 사람이 짓지만
나무는 오직 하나님이 만드신다.

엘프레드 조이스 킬머의 시 〈나무〉를 읽다보면 내가 나무만도 못한 존재라는 걸 깨닫습니다. 우리 인간에게 유익함을 주는 위대한 자연의 선물 중에서 나무는 얼마나 고마운 존재인지 모릅니다.

산과 들을 푸르게 가꾸어 아름답게 하고, 풍족한 과일을 선물하고, 목재를 제공하고, 종이를 만드는 재료가 되어 줍니다. 버릴 것은 그야말로 버릴 것이 하나도 없습니다. 완벽하게 인간을 위해 자신의 모든 것을 아낌없이 바칩니다.

그런데 인간들 중엔 허영에 들떠서 배신을 일삼고, 주변 사람에게 상처와 고통을 주면서 자신을 위해서라면 무슨 짓이든 다합니다. 이런 쓰레기 같은 인간들에 비한다면 나무는 얼마나 존경스런 존재인지 모릅니다..

엘프레드 조이스 킬머는 이런 나무를 높이 찬양하여 '시는 나처럼 어리석은 사람이 짓지만 나무는 오직 하나님이 만드신다.'고 했습니다.

쉘 실버스타인의 명작 〈아낌없이 주는 나무〉 또한 같은 맥락으로 쓰여졌습니다. 단순한 이야기가 그처럼 큰 울림을 주는 것은 친구에게 자신의 모든 것을 준 절대적인 사랑의 가치를 확인시켜 주기 때문입니다. 〈아낌없이 주는 나무〉는 그러기에 모든 사람들에게 사랑받는 명작이 될 수 있었던 것입니다.

나도 나무처럼 살고 싶습니다. 내가 사랑하는 사람들에게 나의 모든 것을 주는 그런 사람이고 싶습니다. 나무처럼 아낌없이 사랑할 수 있다면 그것이야말로 최상의 사랑이 될 것입니다.

|엘프레드 조이스 킬머|

· 미국의 시인.
· 주요작품: 〈나무들〉외 다수.

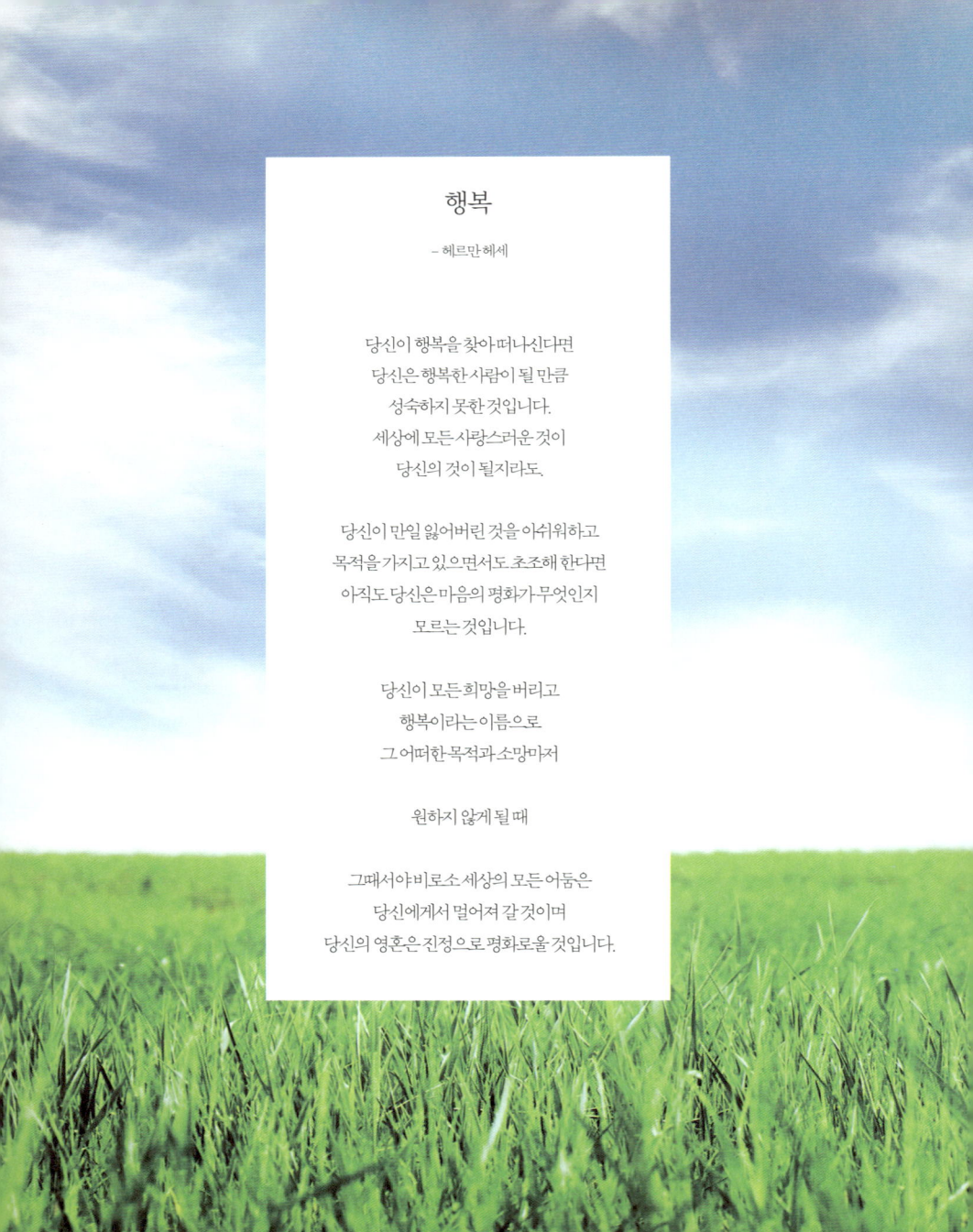

행복

– 헤르만헤세

당신이 행복을 찾아 떠나신다면
당신은 행복한 사람이 될 만큼
성숙하지 못한 것입니다.
세상에 모든 사랑스러운 것이
당신의 것이 될지라도.

당신이 만일 잃어버린 것을 아쉬워하고
목적을 가지고 있으면서도 초조해 한다면
아직도 당신은 마음의 평화가 무엇인지
모르는 것입니다.

당신이 모든 희망을 버리고
행복이라는 이름으로
그 어떠한 목적과 소망마저

원하지 않게 될 때

그때서야 비로소 세상의 모든 어둠은
당신에게서 멀어져 갈 것이며
당신의 영혼은 진정으로 평화로울 것입니다.

|제6부|

사랑이라는
말보다
더 당신을
사랑합니다

오직 사랑 하나만 〰️〰️🗝️

사랑하는 남자와 여자가 있었습니다. 둘은 너무도 사랑했지만 결혼은 자신들의 뜻대로 할 수 없었습니다. 여자의 집안은 시쳇말로 **빵빵**했지만 남자의 집은 가난했기 때문입니다.

사랑과 집안의 환경이나 학력이 무슨 관계가 있느냐 하는 것이 그들의 생각이었지만 현실은 아주 냉혹했습니다. 여자의 집안에서는 갖은 방법으로 그들의 사랑을 방해했던 것입니다.

만날 때마다 마음 아파하는 여자를 더는 슬프게 할 수 없어 남자는 누나가 살고 있는 미국으로 훌쩍 이민을 떠나버렸습니다. 그것이 사랑하는 여자에 대한 배려라고 생각한 것입니다. 뒤늦게 이 사실을 안 여자는 울며불며 가슴아파했지만 다시는 남자를 볼 수 없었습니다.

사랑을 할 땐 사랑하는 마음 하나면 충분합니다. 그런데도 개념 없는 어떤 부모들은 젊은이들의 이런 마음을 모른 채 집안을 따지고 환경을 따지는 등 조건에 목숨을 겁니다. 참으로 안타까운 일이 아닐 수 없습니다. 조건보다는 얼마나 진실로 사랑하느냐가 더 우선되어야 하는데 말입니다.

만일 남자가 떠나지 않고 사랑을 위해 최선을 다했다면 어떻게 되었을까요. 어쩌면 사랑의 결실을 맺었을지도 모릅니다.

나에게로 올 때는
오직 사랑 하나만 가지고 오면 됩니다.
근심과 걱정과 질투 따위는
오는 길에다 모두 버려버리고
오직 사랑 하나만 간직한 채 오면 됩니다.

D. 프리마도 시 〈나에게로 오는 그 길에는〉에서 이렇게 말합니다.

사랑을 할 때 사랑만 있으면 됩니다. 만일 당신의 사랑이 방해를 받는다고 하더라도 절대로 포기하지 마십시오. 최선을 다하는 사랑, 오직 사랑만을 위한 사랑으로 꿋꿋하게 나아가십시오. 그 사랑이 당신을 만족하게 하고 행복하게 해줄 것입니다.

그대에게 하고 싶은 말

　'평강공주와 바보 온달' 이야기는 많은 것을 생각하게 합니다. 공주라는 신분과 가난한 바보와의 사랑이 현실적으로 가당키나 할까, 하는 비현실적이라는 생각 때문입니다. 하지만 평강공주는 바보 온달을 낭군으로 선택했고, 그를 가르쳐 고구려의 명장으로 만들었습니다.

　평강공주는 오직 사랑만을 생각했기에 온달의 신분 따위는 안중에 없었던 것입니다. 이런 관점에서 볼 때 온달 장군은 참 복이 많은 사람이 아닐 수 없습니다. 자신보다 더 자신을 사랑해주는 평강공주가 있다는 건 그에겐 넘치도록 과분한 복이었고, 그랬기에 한 나라의 명장이 될 수 있었던 것입니다.

　자신보다도 더 자신을 사랑하는 사람이 있다는 것은 크나큰 축복입니다. 이런 사랑이 값진 것은 희생적인 마음 없이는 할 수 없는 것이기 때문입니다. 그런데 이런 마음의 준비도 없이 사랑을 한다면 상대방은 그 사랑을 온전히 믿지 않을 겁니다.

사람들은 한결같이 열정적인 사랑, 열렬한 마음이 담긴 사랑을 원합니다.

그대는 정말 좋은 사람입니다.
나보다 더 나를 사랑해 주고
내가 그대를 사랑하는 것만큼만
그대 스스로를 사랑하니까 말입니다.

J. 칼슨의 시 〈그대에게 하고 싶은 말〉의 일부인데, 시인처럼 자신보다 더 자신을 사랑해주는 사람을 만나십시오. 이런 사람은 어떤 순간에라도 최대한의 사랑을 당신에게 줄 것입니다. 그것을 잊지 말고 당신 또한 그에게 당신의 사랑을 주십시오. 그랬을 때 당신의 사랑은 행복한 빛을 뿜어내며 당신을 기쁘게 해 줄 것입니다.

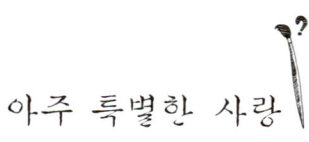

아주 특별한 사랑

우리 사랑은
우리가 함께하는 삶이 충만해지도록
가능한 모든 노력을 기울일 것을
가슴 속에서 느끼고 있습니다.

당신은 아주 특별한 사랑을 원하십니까? 아니면 그런 사랑을 받아 본 적이 있습니까?

'아주 특별한 사랑'은 모두가 꿈꾸는 사랑입니다. 특별하다는 말은 모두에게 관심의 대상이 되지요. 왜 사람들은 특별하다는 말에 그토록 뜨거운 반응을 보이는 걸까요? 그것은 보통의 것들과는 다른 색다른 기대감을 갖게 하기 때문입니다.

"당신은 내게 아주 특별한 사람입니다."

"이것은 당신을 위해 특별히 준비한 것입니다."

"이것은 오직 당신만이 할 수 있습니다. 당신은 내게 아주 특별한 사람이니까요."

이처럼 특별이란 말이 들어가면 어떤 느낌이 드는지요? 아마 '나도 특별한 사람이 되고 싶다.'라든가, '나도 특별한 사랑을 하고 싶다.'라고 느끼게 될 것입니다.

에드먼드 오닐은 시 〈아주 특별한 사랑은〉에서 함께하는 삶이 충만해지도록 가능한 모든 노력을 기울여야 할 가치가 있음을 느끼고 있다고 말하며, 특별한 사랑의 소중한 가치를 잘 설명해줍니다. 당신도 특별한 사랑을 하는 소중한 사람이길 바랍니다.

사랑의 감격 ✏

서로를 무지무지 사랑하는 부부가 있습니다. 그런데 남편이 구조조정으로 인해 명퇴를 당했습니다. 그것은 전혀 예상하지 못했던 일이었습니다. 맞벌이 부부였기 때문에 아내가 직장에 간 사이 남편은 집안을 일을 하며 일자리를 알아보러 다녔습니다. 수십 군데가 넘는 곳에 이력서를 넣었지만 어디에서도 연락이 없었습니다. 시간이 흐르자 남편은 초조해졌습니다. 아내는 위로와 격려를 해주었습니다.

"자기야, 너무 조바심 내지 마. 그러다 병나면 어떻게 하려고 그래. 기다리다보면 반드시 좋은 일이 생길 거야."

남편은 아내의 말에 큰 위로를 받았습니다. 남편은 계속해서 일자리를 알아보았습니다. 그러던 어느 날 면접을 보러오라는 통보를 받았습니다. 남편은 합격이 되면 말할 요량으로 그 일을 아내에겐 비밀로 했습니다. 면접을 보고 온 남편은 꼭 합격이 되길 간절히 바랐습니다.

그로부터 10여일 후 기다리던 소식이 왔습니다. 합격을 한 것입니다. 남편은 뛸 뜻이 좋아하며 마트로 갔습니다. 그동안 믿고 기다려 준 아내를 위해 직접 상을 차리기로 한 것입니다. 그는 합격을 하면 아내가 좋아하는 갈비찜을 직접 해주기 위해 잘 아는 식당에 들러 틈틈이 배웠던 것입니다. 장을 본 그는 집으로 돌아와 그동안 배운 대로 열심히 요리를 했습니다. 서너 시간 동안 공을 들인 끝에 맛있는 밥상을 차릴 수 있었습니다.

그는 아내에게 줄 선물과 꽃다발도 준비를 해놓고 설레는 마음으로 아내가 퇴근하길 기다렸습니다. 퇴근하여 돌아온 아내는 식탁에 차려진 밥상을 보고 깜짝 놀랐습니다.

"어머, 이거 자기가 한 거야?"

"응. 당신을 위해 그동안 배운 솜씨를 부려봤지."

"고마워, 여보."

남편은 합격소식을 알리고 선물과 꽃다발을 건네주었습니다. 그동안 믿고 기다려줘서 고맙다는 말과 함께.

아내는 감격해서 눈물을 흘렸습니다. 남편의 깊은 사랑에 감동을 한 것입니다. 어려운 고비를 사랑으로 넘긴 그들은 지금 누구보다도 행복하게 살고 있습니다.

감동을 주는 사랑!

사랑하는 이로부터 사랑을 받고 감격하는 사랑은 얼마나 아름다운 사랑입니까. 감격하는 사랑은 그 생각만으로도 기분이 아주 좋습니다.

나는 사랑에 감격하였답니다.
우리 처음 단둘이서 함께하던 그 때에
나는 내가 그대와 영원히 함께
머물기를 원한다는 것을 깨달았습니다.
그 때까지 나는 그다지
사랑에 감격해 본 적이 없었기에.

린지 뉴먼의 시 〈나는 사랑에 감격하였습니다〉의 일부입니다. 그는 처음 단둘이서 함께하던 그 때에 자신이 그와 영원히 함께 머물기를 원한다는 것을 깨달았다고 말합니다.

사람은 때로 있었던 일을 잊어버립니다. 좋았던 순간도 잊는 경우가 많습니다. 그러다보니 사랑의 아픔과 이별의 슬픔을 겪기도 하고, 고난에 빠져 절망하기도 합니다.

감동을 주는 사랑을 받고 싶다면 먼저 감동을 주는 사랑을 하십시오. 그러면 당신도 감동을 받는 사랑을 하게 될 것입니다.

사랑의 맹세 ~~~◁▣

암흑같이 어두울 때에는
우리가 하나 되었을 때의 추억을 생각하며
마음에서 우러나는 신뢰를 그대에게 보여드리겠습니다.

맹세를 함부로 하지 말라는 말이 있습니다. 사랑의 맹세 역시 조심스러울 필요가 있습니다. 자칫 그것이 습관으로 되어버릴 수 있기 때문입니다.

습관적으로 하는 사랑의 맹세는 가치가 떨어집니다. 그래서 상대방이 그다지 신뢰하지 않습니다.

일평생 단 한번 꼭 필요할 때 사랑의 맹세를 하십시오. 그러면 그 효과가 믿음으로 나타나게 될 겁니다.

앞에 소개한 글은 카렌 제시의 시 〈내 사랑을 그대에게 맹세 합니다〉의 일부분입니다.

　　진실이 가득 담긴 사랑은 어떤 경우에도 변하지 않습니다. 진실은 다이아 몬드처럼 귀하기 때문입니다.

　　"사랑은 인간의 위대한 영혼을 더욱 위대한 것으로 만든다."

　　실러의 말입니다.

　　사랑은 인간에겐 위대한 구원과도 같은 것입니다. 그런 사랑을 하겠다는 의미에서의 사랑의 맹세는 필요한 것입니다.

영원히 변하지 않는 존재

당신은 당신의 연인에게 참 모습을 보여주고 있다고 생각합니까? 당신이 사랑하는 이 또한 당신에게 참 모습을 보여주고 있다고 생각하십니까? 단순하고 쉬운 질문인데 한없이 어렵고, 깊이 생각하게 만드는 질문이기도 합니다.

사랑의 본질은 쉽게 단정하여 정의할 수 없습니다. 그만큼 다양한 감정의 복합체이기 때문에 쉬운 것 같으면서도 어려운 것입니다.

그대 내부에 있는 존재는 특별히 나의 것이며
영원히 변하지 않는 존재이기에
나는 결코 사랑하기를 멈출 수 없습니다.

단편소설의 귀재 모파상의 시 〈그대 참 모습을 사랑합니다〉의 시구입니다. 모파상은 이렇게 말합니다.

솔직히 말해 변하지 않는 사랑보다는 변하는 사랑이 더 많습니다. 이는 사랑의 깊이가 그만큼 얕기 때문입니다. 뿌리 깊은 나무가 견고하듯 튼튼한 사랑의 뿌리를 내리고 튼실한 사랑을 키워나가야 하겠습니다.

|기 드 모파상(1850~1893)|

· 프랑스 소설가.
· 주요작품: 〈목걸이〉, 〈여자의 일생〉 등 다수.

그대는 나의 운명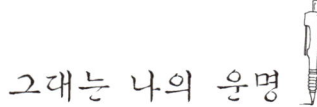

사람들은 이런 말을 많이 합니다.

"운명 같은 사랑을 하고 싶어!"

왜 그런 사랑을 꿈꾸고, 그 주인공이 되기를 원하는 것일까요. 이는 평범한 사랑을 거부하기 때문입니다. 이런 마음을 갖는 것은 아름다운 사랑을 하고 싶은 마음에서 오는 자연스러운 현상입니다.

나는 운명을 두려워하지 않아요.
나의 운명은 바로 그대이기 때문에
나는 어떤 세계도 필요로 하지 않아요.
나의 세계는 모두 아름다운 당신에게 있기에.

이는 커밍스의 시 〈그대는 내 마음입니다〉의 일부입니다. 커밍스는 자신이 운명을 두려워하지 않는 것은 사랑하는 사람이 있어서라고 말합니다.

옳은 얘깁니다. 운명 같은 사랑이 자신에게 있는데 운명을 두려워할 필요는 없습니다.

그대는 나의 운명이니 나는 그대와 아름다운 사랑을 만들어 가겠다는 열정적인 마음으로 사랑하기 바랍니다. 그 사랑이 당신을 아름다운 사랑으로 이끌어 줄 것입니다.

|에드워드 E. 커밍스(1894~1962)|

· 미국의 시인.
· 주요작품: 〈튤립과 굴뚝〉외 다수.

그리운 그대여

보고 또 봐도 그립고, 곁에 있어도 그리운 사랑은 하면 할수록 점점 더 그리워하게 됩니다. 그래서 사랑은 수수께끼와 같다고 합니다. 알아 가면 알아 갈수록 신비로운 게 사랑이니까요.

감동적인 사랑을 하게 되면 그 사랑을 영원히 잊을 수 없어 다음 생애에도 그 사랑을 다시 만나고 싶어 하는 게 사람의 마음입니다.

언젠가 한 설문조사에서 다음 세상에 태어난다면 지금의 배우자와 또 결혼하겠느냐는 질문에 대다수의 사람이 "아니요" 라고 대답했습니다. 이유는 한번 살아봤는데 왜 지겹게 같은 사람과 또 살겠느냐는 것이었습니다. 이는 언뜻 미지의 사람에 대한 호기심 때문인 것처럼 들리지만 그 내면에는 현재의 배우자에게 만족하지 못한다는 의미가 담겨 있습니다.

"우리 다음 생에도 다시 만날까?"

"응. 꼭 그랬으면 좋겠어."

이처럼 서로에게 말할 수 있는 사랑이라면 그 사랑은 참으로 아름답고 행복한 사랑입니다.

먼 훗날 내게 또 다시
이 땅 위에 삶이 주어진다면
다시 너를 위하여 그 길을 가고 싶다.

내 삶의 사계절 위에
늘 솔향 짙게 배어나는 너는
내 영혼의 푸른 소나무

먼 훗날 내가 또 다시
푸른 하늘을 바라볼 수 있다면
다시 너를 위하여
내게 주어진 그 길을 걸어가고 싶다.

이 시는 〈다시 너를 위하여〉라는 나의 시입니다. 나는 이 시에서 사랑의 연속성, 즉 사랑의 영원성을 표현하고 싶었습니다. 지금의 사랑이 너무 행복해서 그 사랑이 이어지기를 기원하는 것입니다.

너무나 그립고 보고 싶은 그대여,
하나하나의 모든 일에
그대 목소리와 웃음소리가 울려 퍼지고
어느 곳에나 있는 그대 모습
옛날부터 잘 알고 있는 그 어떤 곳도
어느 것이나 다 방향을 바꾸어
그리운 그대에게 속삭입니다.

데이비드 코리의 시 〈그리운 그대여〉의 일부인데, 그는 '하나하나의 모든 일에 그대 목소리와 웃음소리가 울려 퍼지고 어느 곳에나 있는 그대 모습'이라며 사랑하는 이에 대한 자신의 열렬한 마음을 고백합니다.

당신 또한 이런 사랑을 원할 것입니다. 그렇다면 주저하지 마십시오. 당신의 태도 여하에 따라 얼마든지 그런 사랑을 할 수 있을 테니까요.

우리는 함께 생각한다고 느낍니다

산과 강, 도시만을 생각한다면
이 세상은 얼마나 무의미할까요.
그러나 우리가 비록 헤어져 있을지라도
우리는 함께 생각하고 느끼며
영혼이 가까이 있는
그 누군가가 있음을 알고 있다면
이 세상은 사람이 살고 있는 정원이 될 거예요.

이 세상에 산과 강과 바다, 나무와 꽃 등만 있다면 얼마나 쓸쓸할까요. 인간의 온기가 없는 세상은 그야말로 죽음의 골짜기와 다름없을 겁니다. 그래서 하나님께서도 닷새 동안 해와 별, 땅과 바다, 나무와 꽃, 동물을 만들고 나서 맨 나중에 인간을 만드셨습니다. 인간이 없는 세계는 너무도 쓸쓸하고 적

막했지만 인간을 만들고 나니 활기가 넘쳐 보기가 좋았을 것입니다.

인간은 이처럼 소중하게 태어난 존재입니다. 그래서 사랑을 하고, 행복한 가정을 꾸미는 것입니다.

인간이 없는 자연은 아무런 의미가 없습니다. 그래서 괴테는 시 〈우리는 함께 생각한다고 느껴요〉에서 이렇게 말했습니다.

그렇습니다. 이 땅엔 우리 인간이 필요하고, 인간의 사랑이 필요합니다. 사랑이 없는 세상, 인간이 없는 세상은 얼마나 허망할까요. 생각만으로도 등골이 오싹해집니다.

이 땅에 태어난 것을 감사하십시오. 그리고 사랑하는 사람이 당신 곁에 있음을 감사하십시오. 하루하루는 기적과 같습니다. 그 또한 감사하십시오. 우리는 인간으로 태어남을 두고두고 감사하며 살아야 하겠습니다.

|요한 볼프강 폰 괴테(1749~1832)|

· 독일의 시인이자 소설가이며 극작가.
· 주요작품: 〈젊은 베르테르의 슬픔〉, 〈파우스트〉 등 다수.

당신의 사랑

　사랑을 해보지 않은 사람과 해본 사람과는 많은 차이가 있습니다. 그 차이점에서 대해 살펴보기로 하겠습니다.

　첫째는 상대방에 대한 배려입니다.

　사랑을 해본 사람은 상대방을 배려하는 일에 익숙합니다. 그리고 행동으로 옮깁니다. 하지만 사랑의 경험이 없는 사람은 자신만 챙깁니다.

　둘째는 사랑의 경험이 있는 사람은 사랑의 가치에 대해 잘 압니다. 그래서 사랑을 매우 소중하게 여깁니다. 그러나 경험이 없는 사람은 그 중요성을 몰라 자기중심적으로 생각합니다.

　셋째는 사랑의 경험이 있는 사람은 지금이란 순간을 매우 중요하게 생각합니다. 왜냐하면 순간순간이 너무도 소중하다는 걸 알기 때문입니다. 하지만 경험이 없는 사람은 무덤덤할 뿐입니다. 이렇듯 사랑의 경험은 매우 중요합니다.

당신의 사랑으로 인하여
나는 온전히 서로를 이해하는
너그러움을 느끼게 되었고
사소한 즐거움 하나 때문에
하루 내내 미소 지을 수 있다는
사실을 알게 되었습니다.

제니 디터의 시 〈당신의 사랑으로 인하여〉의 일부인데, 사랑의 중요성이 잘 나타나 있습니다. 사랑으로 인해 이해하는 법도 알게 되고, 너그러움은 물론 사소한 즐거움으로도 하루 내내 미소 지을 수 있다는 그의 말엔 사랑의 진정성이 잘 나타나 있습니다.

사랑은 참 소중한 '인생의 보석'입니다. 이렇게 소중한 보석을 마음껏 취하고, 즐기는 당신이길 바랍니다.

너 에 게 로 다 시

절대적인 사랑, 그 무엇에도 내어주지 않는 사랑, 그 어떤 귀한 것보다도 감사하는 사랑, 그런 사랑이 당신에게 있습니까? 그런 사랑이 있다면 당신은 참으로 귀한 사랑을 하는 귀한 사람입니다. 절대적인 종교처럼 절대적인 사랑은 인간을 최고의 열락의 순간으로 끌어 올립니다. 깊은 사랑에서는 카다르시스를 느끼기 때문입니다.

내가 살아 숨쉬는
그 날까지
그대 곁에서 행복할 수 있다면
그대 사랑의 이름으로
그대 곁에 머무르고 싶다

아침 호숫가에 살포시
내려앉는 눈부신 햇살처럼
작은 꽃잎을 토닥이며
다가오는 고요한 바람처럼

그대 순결한 영혼의 빈터에
웃음 가득한 사랑의 집을 짓고
도란도란 그 길을 가며
아름다운 사랑이고 싶다

내 영혼을 불태워
그대 사랑이 행복할 수 있다면
그 무엇이 그대 향한
나의 열망을 막을 수 있으리

오, 사랑은 숭고한 불빛
태워도 태워도
영원히 타오르는
향기롭고 은혜로운 빛

내가 살아

이 길을 가는 동안
내 사랑으로 그대가
눈부실 수 있다면

낮은 마음으로
그대 곁에 다가가
그대 가는 걸음걸음마다
등불이 되리

나의 시 〈그대 곁에서 영원히 행복 할 수 있다면〉입니다. 사랑하는 이 곁에서 영원히 함께 하고 싶은 마음을 담아 쓴 시입니다.

바닷물이 모두 말라버릴 때까지
바위가 햇볕에 녹아 스러질 때까지
인생의 모래알이 다하는 그 날까지
한결같이 그대만을 사랑하겠습니다.

로버트 번즈의 시 〈너에게로 다시〉의 일부인데, 그는 '바닷물이 모두 말

라버릴 때까지 바위가 햇볕에 녹아 스러질 때까지 인생의 모래알이 다하는 그 날까지 한결같이 그대만을 사랑한다.'고 말합니다.

이 시구의 표현대로라면 참으로 절대적이고 열정적이고 간절한 사랑이라고 할 수 있습니다. 자신의 모든 것을 다 바쳐 하는 사랑, 그 사랑이 우리에겐 필요합니다.

| 로버트 버즈(1759~1796) |

· 스코틀랜드 시인. 18세기 낭만파 선구시인.
· 주요작품: 〈스코틀랜드 가곡집〉, 〈샨터의 탬〉 등.

이 세상의 모든 아름다움

당신과 함께 있을 때 나는
맑고 푸른 하늘을 자유롭게 나는
한 마리 새였습니다.
내 인생의 꽃잎을 활짝 피우는
한 떨기 꽃이었습니다.
해변으로 밀려와 거세게 부서지는
파도였습니다.
내 본연의 색채를 자랑스럽게 보여줄 수 있는
폭풍우 뒤의 무지개였습니다.
당신과 함께 있을 때
이 세상 모든 아름다움이
나의 주위를 감싸줍니다.

깊고 높고 충만한 사랑에 빠지면 무한한 감동과 즐거움을 느끼게 됩니다. 어떤 때는 새가 되어 푸른 하늘을 날고, 어떤 때는 별이 되어 반짝이고, 또 어느 때는 바다가 되어 푸른 파도로 일렁입니다.

수잔 폴리스 슈츠의 시 〈사랑이라는 말보다 더 당신을 사랑합니다〉에는 이에 대한 시인의 느낌이 잘 나타나 있습니다.

깊고 높고 충만한 사랑은 환상적이고 동화적이지요. 그래서 비현실적인 꿈을 꾸기도 합니다. 그것은 그만큼 감동적인 사랑에 빠졌다는 것을 의미합니다.

너를 위하여
낮은 목소리고 싶다
네가 무어라고 말하든
조용히 네게 다가가
너의 말에 귀 기울이고

네가 원하는 일이라면
주저 없이 달려가
너의 기쁨이고 싶다

너를 위하여

낮은 마음이고 싶다
네가 무어라고 말하든
담백한 미소로 다가가
나의 마음을 열어두고

너의 작은 실수까지도
묵묵히 끌어안는
너의 사랑이고 싶다

아, 유쾌한 나의 꽃이여,
너를 위하여
낮은 자리엔 내가 앉고
높은 자리는 너에게 주리니

언제까지나
그 언제까지나
아름다운 나의 사람이여

나의 〈너를 위하여〉라는 시입니다. 나 역시 수잔 폴리스 슈츠의 사랑의 개
념에 대해 공감합니다. 그래서 나는 '아, 유쾌한 나의 꽃이여, 너를 위하여

낮은 자리엔 내가 앉고 높은 자리는 너에게 주리니' 라는 사랑을 노래했던 겁니다.

사랑이라는 말보다 더 당신을 사랑합니다, 라는 수잔 폴리스 슈츠의 마음으로 당신이 사랑하는 사람을 사랑하십시오.

|수잔 폴리스 슈츠|

· 미국의 여류 시인.
· 주요작품: 〈아기에게 보내는 사랑〉, 〈아들에게 보내는 사랑〉, 〈사랑, 사랑, 사랑〉외 다수.

내 눈빛을 꺼주십시오

사랑은 초능력을 발휘하는 힘을 갖고 있습니다. 그래서 절망적인 순간에도 그 상황으로부터 벗어나게 하고, 불가능한 일에도 주저하지 않고 도전하게 합니다. 사랑에는 인간의 머리로는 도저히 이해할 수 없는 놀라운 힘이 있는 것이지요. 이러한 힘으로 죽음까지 뛰어넘어 새로운 인생을 사는 사람들이 있습니다.

내 눈빛을 꺼주십시오.
당신을 볼 수 있습니다.
내 귀를 막아주십시오.
당신의 말을 들을 수 있습니다.
걷지 않고서도 당신에게 갈 수 있고,
입 없이도 당신에게 약속할 수 있습니다.

라이너 마리아 릴케는 시 〈내 눈빛을 꺼 주십시오〉에서 눈빛을 꺼도 사랑하는 이를 볼 수 있고, 귀를 막아도 사랑하는 이의 말을 들을 수 있고, 걷지 않고서도 사랑하는 이에게 갈 수 있다고 말합니다. 참 대단한 사랑의 능력이 아닐 수 없습니다.

또 로렌스는 "사랑은 창조하는 힘이다." 라고 했습니다.

창조란 무엇입니까? 없는 것을 만들어 내는 것입니다. 불가능한 것을 가능하게 하는 것 역시 창조입니다.

사랑은 창조입니다.

당신도 이런 사랑의 깊은 능력을 경험할 수 있습니다. 그래서 누구보다도 인생을 행복하게 살아갈 수 있습니다. 단 사랑을 위해 최선을 다해야 한다는 것을 잊지 않고 실행하면 됩니다.

|라이너 마리아 릴케(1875~1926)|

· 독일 시인.
· 주요작품: 〈말테의 수기〉, 〈두이노의 비가〉외 다수.

행복한
삶을 위한
사랑의 말

♥ 사랑에는 세 가지가 있다. 아름다운 사랑, 헌신적인 사랑, 활동적인 사랑이 그 것이다. ─톨스토이

♥ 사랑이란 하늘에 우리를 이끌어 가는 별이며, 메마른 황야에 있는 녹색의 한 점이며, 회색의 모래 속에 섞인 한 알의 금이다. ─할름

♥ 사랑할 수 있다는 것은 모든 것을 행할 수 있다는 것이다. ─안톤 체홉

♥ 사랑은 산을 깎아 골짜기로 만든다. ─막심 고리끼

♥ 재산도 지위도 사랑에 비하면 쓰레기와 같다. ─글래드 스톤

♥ 사랑은 최선의 것이다. —로버트 브라우닝

♥ 사랑을 베푸는 것은 이 세상을 꽃밭으로 만드는 것이다. —R. 스티븐슨

♥ 사랑은 최대의 모순을 융화하고 하늘과 땅을 통합하는 것을 알게 한다. —괴테

♥ 사랑은 아낌없이 주는 것이다. —톨스토이

♥ 사랑한다는 것은 믿는 것이다. —빅토르 위고

♥ 한 방울의 사랑은 금화가 가득 찬 주머니보다도 가치가 있다. —보델 슈빙크

♥ 사랑은 세계사의 궁극적 목적이며 우주의 시인이다. —노발리스

♥ 진정한 불가결의 조건은 희생적인 헌신, 남의 행복을 내 것인 양 추구하는 것이다. —뒤파유

♥ 사랑이 필요한 사람은 완전한 인간이 아니며, 불완전한 인간이야말로 사랑이 필요하다. —오스카 와일드

♥ 세상에는 자기를 사랑하고 또한 사랑받기를 원하면서도 남을 괴롭히고 해치면서 사랑을 멀리하는 자가 많다. —버나드 쇼우

♥ 질투심 속에는 사랑보다도 의존심이 더 많이 포함되어 있다. —라. 로슈푸코

♥ 사랑을 할 줄 아는 사람은 자기의 열정을 지배할 줄 아는 사람이다. 반대로 사랑을 할 줄 모르는 사람은 자기의 정열에 지배를 받는 사람이다. —호라티우스

♥ 사랑을 두려워함은 인생을 두려워함이다. 그리고 인생을 두려워하는 자가 있다면 그는 십중팔구 죽은 자이다. —러셀

♥ 참다운 사랑은 태산보다도 강하다. 그러므로 그 힘은 어떠한 힘을 가지고 있는 가지고 있는 황금일지라도 무너뜨리지 못한다. −소포클래스

♥ 인간의 사랑은 인간의 위대한 영혼을 더욱 위대한 것으로 만든다. −실러

♥ 사랑의 본질은 개인을 보편화하는 데 있다. −꽁트

♥ 사랑한다는 것은 자신을 넘어서는 것이다. −오스카 와일드

♥ 사랑은 가슴 속에 숨겨둘 수 없는 불덩어리다. −라신느

♥ 사랑은 창조하는 힘이다. −D. H 로렌스

♥ 사랑을 함으로써 비로소 인생이 아름다워졌다. 사랑을 함으로써 비로소 자기가 살아 있다는 것을 알게 되었다. −쾨르너

♥ 사랑하는 자의 결점을 말하는 것은 누워서 침뱉기이다. −프랑스 속담

♥ 사랑은 모든 것을 이루고, 돈은 모든 것은 정복한다. 시간은 모든 것을 소비하고 죽음은 모든 것을 끝낸다. −이탈리아 속담

♥ 남자는 사랑으로 시작해서 여자를 사랑하는 것으로 끝나지만, 여자는 남자를 사랑하는 것으로 시작해서 사랑을 사랑하는 것으로 끝난다. −구르몽

♥ 사랑이 깊으면 고통도 크다. −이탈리아 속담

♥ 사랑은 연령을 갖지 않는다. 왜냐하면 언제나 자신을 새롭게 만들기 때문이다.
   −파스칼